心靈漂泊的寂寞，肉體不安的騷動⋯⋯
一部勾引靈魂的網路愛情異色小說！

薔薇的慾望

楊曼芬 著

薔薇的慾望

The Passionate Flower

目錄

我聞到孤獨的味道，在肉體間流竄……

僅將此書獻給所有在愛慾中掙扎的寂寞旅人——

【薔薇的慾望】

靈魂漂泊的寂寞，肉體不安的騷動⋯

關於薔薇：

薔薇，本名顏花子，22歲剛大學畢業，剛從南部上來時棲身在台北一間破舊的公寓裡，和一個徐娘半老風韻猶存在酒廊上班的風塵女子阿紅、一個高大英俊剛退伍的待業男子李傑共住一屋簷下，暫時在一家連鎖咖啡店打工。

薔薇從來知道自己長得很漂亮，眉清目秀、個子高眺、雙腿修長，還有一身吹彈可破的嬌嫩雪白肌膚，可惜的是，右臉頰貼近髮根的地方有一塊胎記，所以常常長髮半遮著臉獨來獨往，不知情的人只覺得她冷媚動人特立獨行，卻不知道這塊胎記卻讓她從小敏感脆弱的近乎自閉，單純如白紙。

在自戀又自卑的矛盾情結裡，薔薇總是以自我主張為生活準則，所以她堅持離開父母，離開那個鳥不生蛋的海邊貧窮小漁村，不甘平凡的隻身北上尋找夢想，她相信自己只要努力，總有一天會飛上枝頭做鳳凰的。偏偏台北這個色慾流竄的滾滾紅塵，男人只會垂涎她的美色，女人永遠把她當敵人拖下水⋯⋯讓薔薇一步步的走向萬劫不復的深淵，在男人的身體之間流浪，在愛與慾之間掙扎⋯⋯

之一　男人的身體

×月×日天晴

無意間，我今天親眼看見了一個大男人赤條條的在我面前脫得光溜溜的。我嚇得當場幾乎暈眩，但立即屏息撐住牆壁，我可不能讓李傑發現我在偷看他洗澡，雖然當時後陽台燈沒開，是完全漆黑的。

晚上我上完夜班回來的時候，李傑已經在浴室裡了。我只想從竹竿上收下換洗的內衣褲，然後等他出來，再趕快進去洗掉在咖啡屋裡忙了一整天、全身上下混雜著汗水和煙味的體臭，沒想到正巧從破掉的玻璃窗罅縫裡，窺見了他的身體。一個結實美好、渾身肌肉賁張的年輕男人身體啊！

他轉過身來開始沖水搓肥皂，我清清楚楚的看見了他的生殖器。那是個奇怪的東西，像照著生理衛生課本黑白線畫打造出來的誇大彩色立體模型，也好像和我記憶裡，村裡小孩穿開檔褲露出來的小雞雞完全不同，更和我曾經因為好奇上網偷看色情網站外國男人的那裡也不太一樣。

他的陰莖軟趴趴的垂吊在睪丸上，像一隻沈睡中的巨蠶，蜷曲在溫柔的如桑葉般的陰毛中……我知道我應該趕快離去，然而人卻像被磁鐵吸住般動彈不得，這是我這輩子第一次在真實的世界裡，和男人的身體如此貼近。

我的心噗通噗通的從胸口蹦了出來，隨著他沖澡唏哩嘩啦的水聲消失了，我好像失去了意識，僅剩下兩眼視覺無助的黏附在他水淋淋的軀體上……書和報紙說，男性的生殖器官是男女性愛的泉源，那到底是怎麼回事呢？從來沒有認真交過一個男朋友的我，實在想像不出個所以然來。

突然，他面向我了，瞇起了雙眼好像發現了我的存在，天哪，我根本無處可逃，直覺的立即緊闔上眼。毫無動靜了半晌，我偷偷睜開雙眼，霧氣朦朧中看見他正在仔細清洗著他的陰莖，是那麼寶貝、那麼專注的神情……時間就在我窺伺與他被窺伺之間凝結了。突然，一隻野貓跳過了陽台，喵喵的叫聲驚動了他也驚醒了我，他朝窗外望過來，我身子一縮，趕緊捂著胸口逃回了房間。

剛剛他到底看見了我在偷看他洗澡沒？雖然就算被他發現也沒什麼大不了，我還是躲在被單裡渾身冰冷，在燠熱的酷夏深夜裡，在老舊風扇的喘息聲中。終於，我聽見他走出浴室經過我房門口的腳步聲，拖鞋劈哩啪啦的拍擊著水泥地，一如往常，現在我卻豎起耳朵仔細聆聽。

我閉著眼睛經由腳步聲的細瑣牽引，彷彿看見他的腿、他的身體、他的整個人，當然包括他的生殖器。可笑的是我跟他根本不熟，搬進這間破公寓後，只見過兩次面，一次我回來他正好要出門，一次是我用完浴室他進去。每次他總是眨一下那雙褐色的眼睛，冷冷地算是打了招呼。是我接過寄給他的手機帳單，上面寫著李傑，才知道他的名字。

一個完全陌生的男子，可是現在我卻覺得他是和我最親近的人，一個在我眼前毫無保留展示他的身體、他的隱私的男人，喔，或許應該說他是第一個和我純潔的靈魂發生關係的親密男子。於是我將身體緊貼在甘蔗隔板上，收縮著鼻翼嗅著隔壁他的氣息，心裡不停呢喃著：哦，李傑李傑……

之二　菜鳥仔的情慾幻想

×月×日天陰雨

這幾天我都沒見著李傑，正好，免得尷尬，偶而心裡有著兩分牽掛，還好工作一忙就全忘了。倒是阿紅，那個住在另外一間房的女人見了兩次，通常她晝伏夜出和我的作息沒有交集，所以明知隔壁還住個女人卻從未謀面。

那天刮颱風，風不怎麼大雨卻下得大的不得了，眼見廚房到處漏水，我忙著找出鍋碗盤瓢接水，冷不防，一個女人嗲嗲的聲音從背後響起：這間破厝，怎麼接都還是會漏的啦，白費工。我回頭看見她穿著一件透明縷空的粉紅色睡袍，光著腳、撐著腰、狐媚的靠在廚房門口，手裡叼根煙，臉上還留著昨夜殘粧，眼影加上黑眼圈，兩隻眼睛糊成黑黝黝的一團，掛在蒼白沒血色的臉上，活生生的就像隻營養失調的熊貓。

我叫阿紅。她微笑的走過來，沒穿胸罩的大胸部，一路微顫顫的呼之欲出，我趕緊移開目光繼續拿鍋瓢接水。不好意思把妳吵醒了。我說。是我昨天早睏，幹，一刮風下雨店裡就沒有半個死人，不早點回來睏坐在那裡也是白耗時間。阿紅大剌剌的淨朝我臉上噴著煙，身上泛著一股濃烈的酒味：南部來的？嗯。我瞧她那副宿醉未醒的德行懶得理她，決定進房打點一下就去上班，便急忙側身走開，突然她橫身擋住去路，兩眼直勾勾的緊盯著我全身上下打轉，不懷好意的說了句：看來還是在室的喔，哈哈！

我一聽火冒三丈，不甘示弱的瞪著她：我是不是在室關妳什麼事？她倒是不慍不怒的還是微笑著：菜鳥仔，來台北妳要學的還多著哩，哈哈。然後輕挑的捏了下我的下巴，風也似的進房去了。

當天夜裡風雨交加，咖啡店裡也沒小貓一隻，店長叫我們提早打烊回去防災。我冒著風雨騎機車回到家的時候，已經成了道道地地的一隻落湯雞，一進屋，迫不及待的就衝進浴室盥洗，沒想到，浴室門一開，天哪，我撞見了阿紅和一個肥胖的禿頭男子坐在浴缸邊沿上…兩團白肉正上下顛仆著，阿紅塗得猩紅的十指，正緊緊得摳在男人赤裸的背上，嘴理還哼哼的嬌聲喘息著。男人背對著我，因為暴雨敲在屋簷遮雨棚的聲音太大，他根本沒察覺我的闖入，而阿紅見著了我，居然若無其事甚至還挑逗似的瞅著我。我愣了足足三秒，卻彷彿過了一世紀，這一幕，比我偷窺李傑洗澡還更令我臉紅心跳。妳…妳不要臉！我大叫了一聲便快步奔進房裡去。

在我揪著棉被正在思索到底要不要搬離這個鬼地方的時候，房門砰砰的響了起來。喂，菜鳥仔，我人客被妳嚇跑啦，妳給我出來。我不吭聲，阿紅不死心的繼續用力敲著。我跳起來開了門，憤怒的看著她：那妳憑什麼帶男人回來…回來亂搞？阿紅一聽居然冷笑起來：妳很恰哩，誰知道妳那麼早回來？小姐，我是在做愛，做愛做的事，就是做有錢賺又能爽到的事，懂嗎？我錯愕的不知如何搭腔，阿紅輕蔑的又牽動嘴角笑了笑：菜鳥仔，我看妳不懂的事多啦。

我躺在床上望著天花板發呆，阿紅說的話和阿紅和那個男人做愛的畫面一直在腦子裡盤旋不去…男人突然變成了李傑，而阿紅變成了我，我輾轉難眠…直到曙光乍現風雨漸歇，我才昏沈沈的睡去。

之三　奶精的誘惑

×月×日天晴

在咖啡店打工是很無聊的事情，我調製咖啡的時候，常將奶精和咖啡的攪拌流動滲入我的遐思，讓每一杯咖啡變成一種情挑、一種異性之間的相互勾引：卡布奇諾是似有若無的挑逗、拿鐵是混為一體的你儂我儂、黑咖啡是自我情慾指數的測試，考驗著外在誘惑的抗拒力。所以我的咖啡，好像都散發著誘人的香氣，常讓人讚不絕口，只是，碰到醉翁之意不在酒的客人的時候，什麼狀況都會發生。

那個男人，經常帶著幾本雜誌，點了一杯黑咖啡外加續杯一次就可以坐上一個晚上，直到我們打烊，偶而還有不同的野艷女人來陪他喝咖啡聊是非，旁若無人打情罵俏的喧囂聽起來分外刺耳。這種客人我們其實是不歡迎的，但是來者是客，怎麼都不能得罪，更討厭的是，他常挑剔我煮的咖啡不是太淡就是太濃，逼得我不得不多敷衍他一些。和我說話的時候，他總是色咪咪的盯著我臉蛋和胸部瞧，經過他座位時，也是將眼睛黏著我的雙腿直往上爬。剛開始我覺得毛骨悚然很不自在，隨後一想，穿著不走光的制服，看不到又吃不到，肉也沒少一塊，他能怎樣？更何況一個看起來自命瀟灑的浪蕩子，絕對不是一個可能對我未來有幫助的貴人，我對他的挑逗根本毫無反應。

不過今天他居然在店裡對我性騷擾，趁著店長休假，同事一個生病一個家裡有事提早離開，四下無人，他走到咖啡台故做瀟灑狀的撐著下顎瞅著我：新來的，我聽到他們叫妳什麼來著？我沒好氣的答到：薔薇。薔薇？他誇張的大叫一聲：就是蕭亞軒翻唱Sakura「Oh.1」的那首「薔薇」的薔薇？我瞟了他一眼，不理他，關掉音響準備打烊。他沒趣的摸摸鼻子回到座位。突然，他驚呼起來：喂，薔薇，我的咖啡打翻了！

我知道他存心不良，但是還是依照店裡的規定，立刻拿起抹布去清理。當我正在擦桌子的時候，他冷不妨的握住我的手：不要以為妳長得漂亮，我告訴妳，從來沒有一個女人逃得出我的手掌心！我將他手一撥，繼續收拾咖啡杯盤，突然，一隻火熱的厚手掌在我屁股上摩挲了起來，我全身一震，一陣酥麻從腳底竄起。怎麼樣？別裝的一副聖女貞德的樣子。他邪惡的訕笑，霎時讓我清醒了過來，羞憤的一揮手往他臉上摔過去。

清脆的巴掌聲，在深夜寧靜的空間裡迴盪著。他憤怒的站起來，揪住我的手腕：妳這個小賤人，居然敢打我？我怕得渾身顫抖卻還試圖掙脫…放開她！不知道從哪冒出來的一個男人大吼一聲，用力推開他，順勢將我往身後拖，當我們四目相視的時候彼此都嚇了一跳。是李傑！居然是李傑！怎麼可能？我緊貼著他的背脊，狂嗅著他汗酸的體味。男人忿忿的收了東西，走了出去。好，你們給我記著。男人撂下了一句狠話，消失在黑夜裡。

妳還好嗎？李傑回身仔細的打量我。我居然不可遏止的哭了起來，委屈的倒在他懷裡。真巧，我剛好經過，看見他在欺負女人就衝進來了，沒想到是妳。李傑輕輕的摟著我，我卻反手緊緊抱著他。暗夜裡的思念便成波濤洶湧的慾望，我是奶精他是咖啡，我要融入他的身體變成拿鐵…他懂，所以他把我壓在牆上，溫熱的齒咬住了我饑渴的唇，火燙的舌舔著我煽情的淚…一切發生的那麼突兀卻又那麼自然…

之四

雙面女巫的告白

×月×日天陰雨

這幾天我都刻意躲著李傑，每天一回家就急忙盥洗然後躲進房間，一如往常躺在床上豎著耳朵聽著他的一舉一動，似乎什麼都不曾發生過。那天，尷尬的激情演出，讓我必須逃避和他見面或是單獨相處的可能。那天，喔，是我這輩子第一次如此狂放的需索一個男人，在彼此磨蹭的火熱體溫中，我們交纏喘息，然而就在他雙手捧起我的臉蛋，開始用舌頭一寸寸細細吸吮的時候，我驚駭的掙脫了他的懷抱，倉惶的扣上胸前鈕扣的同時，我冷冷的告訴他：你走吧，我們要打烊了。李傑泛著情慾紅潮的臉龐，慢慢的褪色，緩緩的變白變青，他那雙淡褐色的眼睛疑惑不解的閃爍著。

謝謝你替我解圍。說完，我轉身整理四周一片狼藉的杯盤桌椅，不再看他一眼，而他狐疑的眼光卻不停的在我身上穿梭，如芒刺在背扎得我渾身不自在。妳，原來在開我玩笑？他突然蹦出這麼一句話，然後揹起背包疾步離去。望著他逐漸消失在街尾的孤單身影，我看見了他的蕭索寂寞，兩個同樣需要慰藉的冷清靈魂，為什麼不能相互依偎取暖？我趴在已經熄燈的店門內，大片落地玻璃窗在昏暗的街燈反射下如同明鏡，我撩開髮根，那片胎記如烙鐵般散發著猩紅的光澤溶蝕著我矛盾的心，鏡中鬼魅的形影攝人魂魄。我哀嘆我是一個雙面女巫，美麗的軀殼在天使及魔鬼般的容貌交錯出現中，只能施法擺弄枯燥的人生，因為從誕生的那一刻起早已喪失了如人般的…愛的能力。

今晚，當我拖著疲憊的身子摸黑上樓後，鑰匙才轉了一圈，門就從裡打開了，我心頭一驚但並不詫異，該來的早晚會來。門後，李傑一雙赤紅的雙眼憤怒的燃燒著，那迷人的淡褐色彩已被侵蝕銷毀。他一把揪我入懷，火燙的雙唇立刻堵住了我的，我奮力掙扎想要脫身，他卻不放過我，揪得我胳臂隱隱作痛。Why? Why? Why? 他連問三次Why?嚴峻的神色不但不令我害怕，反而噗嗤一笑：奇怪，你怎麼了？吃錯藥了？他怒不可遏的用兩隻手搖晃著我：妳不要裝瘋賣傻，如果妳以為妳長得漂亮就可以玩弄每一個男人於掌中，那妳就搞錯對象了！我笑得卻更大聲，可惜他沒聽出一個女巫在掩飾魔法失敗時笑聲中的空洞和破綻。

李先生，這是不對的，我們根本彼此不認識，兩個陌生人一場失誤的演出，何必太在意？人生本來就是戲嘛！他一聽，居然放開手用力捶了下牆壁，嚇了我一跳。不，我們不是陌生人，我們同住一個屋簷下，我們共用一間浴室一個馬桶，甚至同時呼吸著一樣酸腐潮溼的空氣：妳以為妳偷看我洗澡我不知道嗎？妳以為我沒偷看過妳洗澡嗎？他叫囂的吼完坐下喘著氣。我霎時情緒翻騰幾乎差點失控的奔上前去，想摟住他輕聲告訴他：喔，是的，我們早已彼此熟悉，那又何必假裝無情又無意？讓我們好好相愛吧⋯結果，我卻兩手抱胸，沈默的看了他一會，淡然的說著：原來如此？那我們誰也不欠誰了。

生命中，所愛和所需本來就不同，一個失去愛的能力的我，很明白，不能讓所愛傷了所需。我必須無情的堅持。寂寥的時間膠著中，兩個刻意分離的肢體，眼睜睜的看著他們的靈魂在空氣中糾纏碰撞⋯

之五

酒後的沈淪

×月×日天晴

雖然我刻意和李傑避不見面，但是他要來喝咖啡我可沒有阻止的權力。接下來幾天，他幾乎天天一早就報到，而且還刻意坐到上次那性騷擾痞子坐的位子，好像要再三提醒我那晚發生的事情。奇怪的是，他總是若無其事的在櫃台點了咖啡後，就不再看我一眼也不和我說話，似乎我並不存在，但是我可以從他經常微微顫動豎著的耳朵，感受到他無時無刻不在傾聽著我的一舉一動，不論他是翻著分類廣告的求職欄，還是寫著自傳之類的東西或是看雜誌、發呆、打手機：我清清楚楚的知道他在幹嘛，今天當我偷瞄他的時候，失手打翻了一罐咖啡豆，我才發現原來是我在注意他的一舉一動，我當下渾身打了個寒顫。咖啡豆滾了一地，我不得不走出櫃台清理，到他身邊時，他突然抬頭對我說：晚上我等妳下班。

咖啡店到家裡只有兩條街的距離，平常騎車五分鐘就到了，走起來卻好像一世紀那麼長，怎麼都到不了家。他跟著我一直不說話，但是亮嗶嗶的月色將他和我一路拉出迤邐的身影，綽綽約約的在樹蔭間流動，像一幅持續用月光潑灑的黑白水墨畫。沈默了半天，他終於開口了：我找到工作了，是一家公關公司。我沒有答腔，他繼續說著：我才剛退伍，妳要給我一點時間，妳相信我，我一定會有出息的。我停下腳步抬頭望著他，他眼裡盡是炙熱的火焰，燃燒在深秋的黑夜裡，我覺得身上熱了起來，我必須逃走。

我們停在公寓門口，他俯身想要吻我，我一閃急忙打開門：我不想耽誤你，我⋯我有男朋友了。他橫身擋住了我的去路挑釁的看著我：妳別唬我了，把我當三歲小孩？我推開他一口氣衝上樓，他緊緊跟著我進了屋裡：我知道妳是嫌我窮，是不是？正坐在客廳沙發上獨自喝著悶酒的阿紅看見我們竟然哈哈大笑了起來：喂，叫窮，現在有人比我窮嗎？來來來，陪阿紅姐喝一杯，阿姐最近住了股市套房，一輩子積蓄都泡湯了，那都是辛苦賺來的皮肉錢呢，我都不在乎了⋯人生海海，及時行樂要緊，來來，喝酒喝酒。

看起來已經有幾分醉意的阿紅，朝我們舉著杯子，她的雙頰一片駝紅，兩粒眼珠子盪著盈盈水光，塗得鮮紅的嘴唇性感的微噘著…突然我覺得緊身透明低領T恤中，她那忽隱忽現的雪白豐滿胸部，在日光燈下顯得份外刺眼。一旁的李傑大步走過去一手接過酒杯，賭氣似的昂首將滿滿的那杯酒咕嚕一聲喝個精光。阿紅與奮又幼稚的拍起手來：哇，少年郎，見過你幾面，不知你這麼有酒量，夠氣魄，來來，再來一杯，今天陪阿紅姐喝個痛快。

阿紅一把將李傑拖到她身旁坐下，再拿起桌上還剩半瓶的金門高粱忙著斟酒，她那性感的前胸摩挲著李傑的膝蓋，我真替她的不害臊感到面紅耳赤。而李傑，居然也這麼沒原則沒品味？看來我的堅持是對的。我趕緊逃回房間卸妝準備盥洗，耳裡傳來阿紅肆意誇張的淫聲浪語，李傑倒是沒多話，可能一直喝著悶酒吧…阿紅突然也沈默了，只是沒多久，我居然聽見阿紅滿足呻吟的聲音逐漸揚起…怎麼可能？我掩上耳不要聽，我不要聽。

之六

遲來的激情

×月×日天陰

從那天深夜到現在，我的心是一團混亂的棉線，嫉妒、羞赧、狂喜、焦躁……千百種複雜的情緒絲絲糾纏不清，越理越是千頭萬緒無一為是。我明明不想理會李傑，可是，為什麼阿紅的嬌聲喘息會如一把利刃，穿透薄牆刺入我脆弱的心房？讓我鮮血淋漓痛不欲生，難道這就是愛，就是妒忌？如果我對李傑既無情也無慾，我又為何會有如此的反應？雖然，我告訴自己我不愛他，但是我也絕不容許別的女人佔有他，尤其像阿紅那種放蕩的風塵女子，她不配，不配侵襲擄掠我的獵物。

只是，是我的獵物自動上鉤，一隻發情的猛獸，當牠無法找到母獸交配時，牠就可以放低身段：飢不擇食的任憑情慾宰割。是的，李傑只是一頭忝不知恥的獸。於是，我冷笑著走出房間，我要撕碎他的面具，讓他的卑劣獸性無從遁形，再也無法以情以愛之名蠱惑我誘惑我，我的心將不再讓他肆意的蹂躪摧殘，我還是一樣可以驕傲的睥視他，如一純潔的聖女。我屏息來到客廳，出乎意料的是，眼前的光景居然不是想像中腥羶齷齪的性交場面，只見慘澹的日光燈下，李傑是趴在阿紅背上，不過卻是在替她捏筋，痠麻的讓阿紅齜牙咧嘴嬌喘連連：喔，好舒服喔，再用力一點⋯喔⋯

李傑似乎毫不意外的抬頭凝視著我，嘴角一抹正中下懷的微笑，讓我羞愧的進退維谷，訕訕然的說：不好意思我要睡了，麻煩你們⋯小聲一點。阿紅一聽，朝我呶呶不休的喊著：來來來實在爽，菜鳥仔換妳來，沒想到我們少年郎抓龍抓得這麼贊。阿紅翻身起來一把拖過我，瘋瘋癲癲的硬將我往李傑懷裡塞，然後嘴裡高聲哼著酒後的心聲，蹣跚的扶著牆唱回房去了。

我站起來就要走，李傑強壯的手臂從背後圈住我，我逃不掉了。嗅著他身上熟悉又陌生的男人氣味，我暈眩起來，雙腿一軟跌入了他的懷裡。他炙熱的唇在我臉上搜索，兩隻手隨著急促的呼吸在我身上來回摩挲，我閉上眼激烈的回應，幾天來壓抑的情慾像爆發的山洪，狂亂放肆的四處奔竄⋯不要再折磨我了，不要再折磨我了⋯他呢喃的細語宰割著我的靈魂，片甲不留只剩軀殼，我手腳緊緊纏著他像一隻八爪魚，在慾海裡載沈載浮……是的，我情願就如此這般的死去，死在他的情網裡，我要他的唇吻遍我的每一寸肌膚，我要他的人進入我的體內，撕裂我的矜持、驕傲、偽裝和那令人矛盾不安的處女膜。

我們在狹小破舊的沙發上翻滾，滾到了不知多久沒清理過的塑膠地板上，我的小蕾絲花邊睡衣已盡除，我知道我那線條優美的乳房正一無遮攔的暴露在他眼前，他跪起身子快速的脫下套頭T恤，我害臊的用雙手遮起眼睛……那情慾飽漲的成熟男人肉體，讓我不敢逼視，心臟幾乎蹦出胸口。他俯下身子黏膩的舔著我面頰，胸膛用力抵著我乳房幾乎讓我窒息，我渾身顫抖低低的呻吟，是情是愛還是生理的激情都不重要，重要的是，現在我要他……如果早晚會發生，那就讓它發生吧，我嘆口氣，放鬆四肢任憑他擺佈。突然，他驚駭的停了下來，遲疑的望著我……

之七 一場性遊戲

×月×日天陰

我要調一杯自己的咖啡，一杯和我現在心情混合的咖啡。我拿出珍藏的夏威夷康那咖啡豆，將它們一顆顆倒進了磨豆機，看著它們被攪拌得粉身碎骨，我心裡竟然有著莫名的快感，像是對李傑的報復，對自己的懲罰。然後我將泛著核果香氣的咖啡粉倒進了酒精濾煮咖啡器，看著點燃酒精跳躍的火焰，我的一顆心也熊熊不安的燃燒起來，那隨熱氣上升先沾附在玻璃壺上，又一顆顆滴落的小水珠子，就像我心裡不停流著的眼淚。雖然過了好多天，那晚李傑驚駭的神情卻如夢魘般日夜糾纏著我。我知道他是被我臉上那片赤紅胎記給嚇著了，他嘴裡卻遲疑的說出：對不起……我，我忘了保險套，妳……妳等我一下我去買。

天哪，這可是男人箭在弦上卻突然鳴金收兵最拙劣的謊言。而且是對我無上的羞辱，我是一個純潔的處女，他卻當我是浪蕩的妓女？要用保險套來搪塞他遽然冷卻的情慾？我渾身體溫劇降，冷笑一聲用力踹開了他，拎起散落一地的衣物裸身急奔回房。世界突然沈默了，我等待他來拍打房門，卻聽見他回房的聲音。我躺在床上任憑淚水沾溼了被褥，懊惱剛才為何不先關燈，在黑暗裡他將看不見我鬼魅般的原形…只是，瞞過了一時又如何？而他，也不過是以貌取人的凡夫俗子罷了。而我，一具空有軀殼的不完美肉身，又何必執意追求情愛讓自己受傷害？我將手指往小腹伸去，洩恨似的讓自己達到了高潮，還刻意讓他聽見我呻吟的聲音。

我把咖啡倒進玻璃杯裡，用打碎的檸檬皮橘子皮加肉桂粉攪拌，混濁的綠橘褐色調，像被打翻的調色盤，像我支離破碎的心，奇異的五味雜陳。我喝著我的心情咖啡望著空無一人的街道，是下午最寂寞空蕩的時刻，陰暗的天空昏沈沈的無風也無雨。突然，我看見李傑快步穿越人行道朝店裡走了過來，他穿了一套休閒西裝，手提公事包，十足東區雅痞上班族的打扮，帥氣瀟灑的讓我更心碎，一個不屬於我的男人。我冷冷的望著直到他來到眼前。

薇，妳不要不理我。他溫柔的嗓音甜的膩死人，焦躁的眼神直勾勾的勾走了我的魂魄，我強自鎮定的握著咖啡杯輕啜了一口，咖啡卻還是溢了出來。我那天，真的不是有心的…他囁嚅的說不下去。我順口一接：是啊，當然是沒有心，從頭到尾那不過只是一場遊戲，你無意間打發寂寞要玩的性遊戲。他尷尬的臉色一紅，伸手握住我的手：聽我解釋，我只是…

我冷漠的打斷他：你別再自圓其說了，你怕我，你怕我這片鬼怪的胎記是吧？我撥開他的手，將披在臉頰上的頭髮撩起，現出我自以為猙獰的鬼貌，用最冰冷殘酷的聲音無情的鞭笞他：好，讓你看個仔細，我真是你想愛想要的女人嗎？他怔怔的愣住了，張口結舌了幾秒，隨後舔著嘴唇說到：妳知道我，我…我想了幾天…我真的不介意妳臉上…

好一個想了幾天。我的心碎了、碎了、碎了，像一只琉璃花瓶，摔在地上再也無法恢復原貌。我銜著淚珠咬著嘴唇，淡然的垂眉望著手中的咖啡：我知道了，你可以走了。他沈默了半晌，真的走了，隨著他離去的腳步聲，我的眼淚滴滴答答的滾落到我的心情咖啡裡。

之八

女體初體驗

×月×日天晴

我和李傑又回到了最初的原始狀態，一切都膠著了，連彼此的呼吸似乎都在空氣中凝結。我不再如以往般夜夜刻意的等待，等待他開鎖的聲音，等待他的腳步聲，等待他洗澡睡覺，等到確定隔壁他的房間沒有一絲聲響，我才能闔上眼安然入睡，而且睡得又香又甜。現在刻意的不等待，或許是更多的等待，等待總有一天酣睡的火山爆發，天崩地裂不可收拾。所以雖然我每天一回房間便將音響開的震天價響，管他存在與否的直到入睡。但是我開始變得夜夜淺眠，一隻跳過窗台的貓、一聲野狗的低嗥、清晨腳踏車輪輾過街道的咕嚕聲，都會讓我張開眼睛盯著天花板發呆。

這天，我回家晚些，經過李傑房門的時候，門檻下一片漆黑，很明白的告訴我他今天又不在家。如果他在，那裡流洩出的一片燈光，總在我盥洗完回房時才會準時熄滅。我無意識的扭了下門把，明知是鎖著的，偏偏一推就開了。我嚇了一跳怕他正在裡頭，不自覺的往後退了兩步，半晌沒動靜，便緩緩將房門打開，月光迤邐下，一張書桌一張床，簡單明白的告訴我，李傑過得和我一樣寒愴。我躡手躡腳走了進去，坐在床頭輕輕觸摸著他的床單枕頭，嗅到了那熟悉的味道，一種成熟男人的體味混雜著淡淡的古龍水味…我趴了下去讓他的味道緊緊地圈住我，彷彿他那粗壯的手臂勒住了我整個人般的銷魂。

突然樓下公寓的門乒乒乓乓的被劇烈敲擊著，在子夜時刻，聽起來分外驚心動魄。阿紅聲嘶力竭的叫聲同時劃破暗夜直衝我的耳膜：幹，開門哪，這夭壽的死門怎麼打不開！我急忙彈跳起來閃出李傑房間帶上門衝下樓。門外是已經醉得不省人事的阿紅，她歪斜的靠著門，一隻手拿著鑰匙圈拼命對著門板縫打轉，一隻手拿著高跟鞋又拍又叫的邊嘶吼著。

我急忙上前扶住她：阿紅，妳醉了。她拼命掙扎想把我推開：妳才醉了哩，老娘我是超級酒桶…我，我從來沒醉過…話還沒說完，她便唏哩嘩啦嘔了一身臭氣薰天的穢物，狼狽至極。對門已經有人拉開窗戶探視，我只好憋著氣用了九牛二虎之力將她強拖上了樓，想把她往床上一扔便走。她卻拖住我的手不讓我走，呢喃說著：不要走，幫我把衣服脫了，我快⋯快憋死了。

阿紅的眼睛緊閉，一張塗得殷紅的嘴微闔的吐著熱氣，胸部劇烈的起伏著喘著氣，佈滿污漬的改良式旗袍緊裹著她的身軀，看起來似乎真的很不舒服。我只好先找到她睡衣再側過她身子替她把拉鍊拉下⋯她雪白豐腴的乳房在蕾絲胸罩的烘托下，性感張狂的讓我臉紅心悸，第一次如此親密接觸同樣是女人的另一個身體，我渾身不自在，初次體驗到女人的身體居然能誘惑女人燃燒另一種奇異的慾望。

我慌亂的脫下旗袍替她套上睡衣，她柔軟的四肢幾乎是糾纏的，我困難的執行著任務⋯突然，她反手勾住我脖子，一雙濡溼的唇湊了上來，在我還來不及反應時，一條如火蛇般滑溜滾燙的舌頭便纏住了我的舌，急促的翻滾吸吮拍打⋯我腦子頓時空白一片，錯愕、興奮、噁心、奇妙的心理和生理反應，如閃電般的在全身毛細孔交錯跳躍⋯

之九

愛的午夜曳航

年×月×日天晴

記得，是因為永遠忘不了，我的初夜在那晚終於完成了成人儀式，從女孩變成了一個女人。和阿紅？當然不是。當我霎時迷失在混亂的感官快感中時，阿紅順勢將手往我的前胸探去，撥開了我的衣鈕，用力握住了我的乳房…我突然清醒了過來，掙扎著想要推開她，她卻如磁鐵般的強力吸附著我的身軀，扭動嬌喘…不行，我非得脫離眼前這從來不在預設範圍內的情慾陷阱不可，我伸手急速拍打她的面龐：阿紅，妳醒醒，我不是男人啊！

阿紅睜開醉意迷離的雙眼望著我，眼裡竟是晶瑩的淚光，嘴裡卻放肆狂笑起來：哈，男人？男人只會讓我受傷害，為什麼我一定要男人？有的時候女人比男人還好…來，我會讓妳快樂的！說完立刻如同一隻發情的母獸，張開四肢猛撲上來，用她溼潤的舌尖親我、舔我…我掙扎、喘息、喘息、掙扎…在瀕臨肉慾狂歡的危險邊緣苟延殘喘…

原來如此！猛然，李傑冰冷的聲音穿透迷幻抽離的時空，澆熄了我發燙的軀殼。不知何時，他正鐵青著一張臉，矗立在半掩的門口，看著倒在床上衣衫凌亂的我們。黑暗中，一抹震驚和不屑的神情，將他變成了火眼金睛的怪物，噴著火焰朝我凌空燒來，燙得還我來不及喊疼，他就掉頭走了。我使勁推開阿紅，跳起來追了出去，身後阿紅淒涼的呼喚一路尾隨著我：不要走，不要離開我啊，你這個沒良心的⋯

我跟著李傑進了他房間，他挺立在窗前的身影，蕭條寂寞帶著寒冬的氣息，我冷得打了個哆嗦，這才發現自己幾乎衣不蔽體。我今天才明白，原來妳，妳有著易於常人的性向⋯我不怪妳，從頭到尾都是我會錯意、表錯情。喔，不是的，真的不是的，這真的是天大的誤會。我口裡和心裡一起吶喊起來，對著他也對著自己。

他沈默不語，我慢慢走上前去從背後攬住他的腰，將臉貼在他背上，聽著他砰然激烈的心跳聲，情願就這麼死去，和他的體溫一起從世界消失。誤會？我親眼看到的是誤會？他回過身子將我推開，哀傷的看著我。難怪⋯算了，反正這年頭同性戀也沒什麼了不起…只是沒想到會是妳。

我頓時成了吃了黃蓮的啞巴什麼也說不清，行動成了唯一能做的表白。我不是，我真的不是！我走上前去仰頭望著他，慢慢的將身上的衣服一件件的褪下。月光下，他屏息看著我，看著我潔白赤裸的身軀，眼神緩緩溫柔起來，像一根絲線，化作千絲萬縷將我纏繞住，再也逃不掉了。他撩起我的髮根，低下頭擁住我，從我面頰上那赤紅的胎記開始吻起，輕輕的慢慢地，吻遍了我身上每一寸肌膚，直吻到我的心坎裡。

我醉了，可能比剛剛阿紅醉得還更厲害、還更無助，時間完全靜止，空間也不存在。我的魂魄飄上雲端載沈載浮，在虛幻的太空漫步…直到他試著進入我的體內。我痛得呻吟起來，是那種肉體撕裂痛澈心扉無以名狀的痛楚，我從雲端跌落，銜著眼淚不由自主的退縮掙扎…他停下來，溫柔的撥弄我沾滿汗珠的前額髮際。怎麼？妳是第一次？他似乎不敢相信似的，而我痛得說不出話來，趴在他肩上又搖頭又點頭的。

妳放心，我會很溫柔、很溫柔的⋯⋯

之十 矛盾的快感

×月×日天晴

我在店裡漫不經心的調配著咖啡，心緒飛在那天夜裡打轉，已經一個星期了，我還恍惚的耽溺在初夜的回憶裡，是一種身體迷失還是情慾再生？說真的我也搞不清楚，但是很明白的是，記憶裡似乎沒有愛的甜蜜，只有錐心刺骨的痛，和混雜著痛苦的莫名亢奮。

那天，李傑嘴裡說著他會很溫柔很溫柔，呼吸卻等不及似的急促起來，動作也開始越加快速及猛烈，這是否是他所謂的溫柔極限？那如果不溫柔又是何等光景？當時我藉著胡思亂想減輕來自肉體的痛楚。我的第一次，沒有任何喜悅和激情，只是發生了、失去了、不存在了，而同時卻又擁有了，擁有和一個男人在赤身裸體中，緊密相貼毫無縫隙的原始快感⋯終於，好像過了一世紀那麼久，筋疲力竭的李傑在我的懷裡沈沈睡去。

我渾身汗水淋漓，下腹部漲痛的不得了，輕輕挪開他勾著我整個人的手臂，爬下床，躡手躡腳的走向洗手間，明知阿紅宿醉未醒，我卻仍像個做錯事的小孩，心虛又膽怯的一步步走著，走向不可知的未來。腦中突然浮起執意北上時，母親歇斯底里阻止時所下的惡咒：好，妳要去就去吧，不要到哪天像隔壁美珠一樣懷了不知道是誰的孩子再回來！

記得當時我只是輕蔑的一笑，直覺母親真是危言聳聽，如今想來卻不寒而慄。是她在我早熟的身體和叛逆的人格上預知了什麼？還是涉世未深的鄉下女孩陷入台北這個花花世界的大染缸，就難免不可抗拒的沈淪迷失？不，不可能，我可不像美珠，我受過高等教育，有智慧、有文憑、有美貌、有美好的前程，我才不會為了一個像李傑一般一事無成的男人斷送一生。

我用衛生紙慢慢擦拭下體，只有一絲血跡混雜著腥味刺鼻的大量精液，沒有預期中的初夜落紅，但又怎樣呢？我將衛生紙丟進馬桶用水沖走，順著嘩啦嘩啦的水聲，向我的處女生涯做最後的道別。再見，處女膜！我心中有著一絲快感，是潛意識裡對母親的報復吧，是她從小就像盯梢著一塊肥豬肉，深怕落入虎口似的看著我：不許裙子穿太短、不許和男同學說笑、不許晚上出門玩…不許這樣不許那樣…終於讓我在二十二歲時允許自己這樣，這樣輕易的將初夜獻給一個還不知道他到底是誰的男人。

我用肥皂慢慢清洗著身體，一個不再是處女的身體，看起來卻和處女毫無不同。我回到李傑身邊躺下，天色微明中，看著他微酣的側臉，微翹的睫毛，隨著呼吸輕輕顫動，像一隻展翅輕撲的飛蛾，飛進我的生命。這個既親密又生疏的男人啊！神祕的勾引著我的靈我的肉，我伸手輕輕撫摸他的臉、他的胸直到他的下腹…

他興奮起來，張開了惺忪的睡眼，微笑的一把將我擁入懷，熱烈的吸吮起我的唇、我的乳房、我的肚臍…我激烈的反應著，曾經痛不欲生的短暫記憶全然遺忘，不再是生澀的女孩，而是一個完整女人情慾的燃燒…這次很快地他進入了我體內，我用齒啃咬他的肩膀、用爪撕扯他的背脊，在再次的痛楚中尋找快感…我如同一隻發情母獸的低嗥，在他聽來卻是最美妙的催情劑，騎在我身上奮力奔馳，直壓得我透不過氣來…

之十一　愛情的神祕密碼

×月×日天晴

依照常理，我已經是李傑的人了，可是我心裡卻沒有一點戀愛的甜蜜感覺，只能說是對人生有了新的體驗，對性也有了經歷，身體給了他就要他負責的念頭一點都不曾有過，因為我真的不確定我是否愛他，對於初夜給了他，我也不曾後悔，該發生的一定會發生，只是時間早晚的問題罷了，因為我很明白，我要的是什麼。

所以雖然李傑每天都會打電話到店裡噓寒問暖，或是刻意等我下班、等我回家吃宵夜，我都淡淡的應對著，他很明顯的會藉著親我、吻我想再和我親熱，但我都技巧的以頭疼或月事來避開了。做愛的初體驗是讓我心悸、讓我戰慄，但坦白說，卻是不愉快、不美好的，李傑加諸於我身上的只是一種粗魯狂放地性慾激情，少了溫柔地愛的疼惜，而且直到今日，他也不曾對我說過：我愛妳。

愛情是真的可遇不可求吧？我不否認對李傑有好感，或許是一種生理慾望的蠢蠢欲動讓我迷惘，但離愛情實在好遠，我心目中的白馬王子，是該如李傑一般高大英挺，但絕對要有一份好職業、好收入，或是能幫助我飛上枝頭做鳳凰的人。說我現實也好，說我無情也好，我只能說我過怕了窮日子，從小看母親為了張羅學費、家用到處借錢的窘態，我就難過。我不稀罕名牌或是名車，但是我絕對要努力賺錢衣錦還鄉。

這天，店裡來了幾個男人，看起來都西裝畢挺人模人樣的，其中有一個年紀大些的特別沈默，他總在旁邊的人高談闊論或是激烈爭辯後，才下結論，肯定是當中的主事者。這種人店裡常見並不稀奇，只是他那身衣著流露出典雅的品味，連認不出任何名牌的我也知道一定所費不貲，更重要的是，他臉上那抹淡淡的憂愁，似有若無的散發著歷經風霜的中年男子魅力，乍看還真像日本紅星田村正和。

我偷偷注意了他一會，甚至潛意識裡希望能引起他的注意，於是我勤快的收拾咖啡杯盤和清理店面，勤快的超乎常理，但是他卻沒抬頭望我一眼，我正覺得失望的時候，店裡電話響了，說是要找一位Arthur Yang，而正巧是他。他過來櫃台接電話，這才有意無意的看了我一眼，我的心立刻噗通噗通的跳個不停，那是一種被電流穿透的酥麻感覺，是筆墨難以形容的悸動，是一種神祕地愛的密碼。

他掛上電話，對我說了句謝謝，更奇妙的是，他的聲音充滿了磁性，低沈穩健，一如他的人，牽引著我的心，我霎時面紅耳赤起來，讓他看出了端倪。他沈默的凝視著我幾秒鐘，什麼也沒說的便轉身離去，卻讓我同時幾乎窒息死去。是的，這就是我要的男人，一種粗獷又纖細的混合體，夾雜著上流社會的高貴氣質。只是，他會要我嗎？一個在連鎖咖啡店打工的小妹，一個南部鄉下來的沒見過世面的草包女孩。

這時候，電話鈴聲又響了，是李傑找我看晚場電影，他好像已經認定了我是他的女人，但我不是。我冷漠的拒絕了他，抬眼看到Arthur正望著我，嘴角一抹淡然又了然於心的微笑，似乎看穿了我的心思，我一驚，手上一杯滾燙的咖啡潑出來濺在手臂上，燙得我痛澈心扉，忍不住輕聲唉叫起來。

突然眼前一隻修長白皙的手，遮上了一條雪白的手帕……是Arthur。

之十二　愛情幻想的手帕

×月×日天晴

Arthur的出現讓我心猿意馬，明知他起碼大我10歲以上，但是他成熟穩重的姿態，還是緊緊扣住了我的心，明知不該卻又情不自禁，難道是從小沒有爸爸的戀父情節作祟？我也不敢奢望他會喜歡我或愛我，那天他雖然體貼的拿了手帕給我擦拭手上的咖啡漬，卻什麼也沒說的到收銀台結帳，隨即和那夥人一起離去，臨走前也沒再看我一眼。我只好對著他背影喊著：先生，手帕等我洗乾淨了再還你…你什麼時候會再來？最後這一句到了唇邊卻硬給活生生的吞回肚裡去了。

然而，光是那條手帕就足夠讓我神魂顛倒了。當天下了班，我回到家後，立刻從口袋裡拿出那條已經縐巴巴的髒手帕，靠近鼻翼像隻貓咪般的輕輕嗅了起來，在濃郁的咖啡香裡，我聞到了一股男人古龍水的味道，和李傑的清淡味不同，隱約散發著溫暖厚實的香氣，似乎還混著他的體溫和熱力，是一種成熟的男性魅力味道。在冷冽的寒冬深夜裡，我埋首在一條愛情幻想的手帕裡，忘了時間的存在。

李傑不知何時站在我身邊，猛地抽走我手中的手帕旋即看了一下，立刻心知肚明似的冷酷的瞧著我，嘴角還揚起一抹冷笑：這麼快就有了新歡？難怪最近會對我這麼冷淡。我不假思索的跳起來伸手想搶回那條手帕。還我、還我，那是我的手帕。怎麼會是妳的呢？這分明是條男人的手帕，不知道今天在店裡又勾搭了什麼樣的男人？李傑一路閃躲著我、一路口出惡言。

我停止了追逐，站住腳，也伸出我口中的利劍反擊他：是的，我是又勾搭了男人，只是不管我勾搭誰也和你無關。妳…妳這個無恥的女人，今天和我上床明天就可以對別人投懷送抱！

李傑激動的牙齒打顫臉色赤紅，眼裡盡是憤怒的火花，那火花幾乎就要跳出他的眼眶將我燃燒至死方休。我驚懼的往後退著身子，嘴裡卻不肯讓步的譏諷著：我無恥？那你呢？你以為和你上了一次床就要跟你一輩子？你太天真了吧？

是的，我是太天真，天真到對妳太認真，對一個楊花水性的女人太認真…妳知道今天為了想和妳看晚場電影，我在家就是不睡的等了妳幾個鐘頭嗎？李傑慢慢的逼近我，將我逼到牆角讓我無處可逃。我不再吭聲，用沈默做最好的反抗，但我也心虛的不敢看他。他說得沒錯，我真是個楊花水性的女人。就像田村正和主演的「美人」日劇開場白說的：一樣的臉孔，不一樣的靈魂…這時候我怎麼會想起田村正和？還是我想起的是Arthur？

李傑舉起雙手用力將我的雙手撐在牆上，然後俯身瘋狂地吸吮我的脖子探索我的唇：我愛妳，薔薇，我愛妳…這是他第一次告訴我他愛我，也是這輩子第一次聽到男人說愛我。我的心戰慄著，全身幾乎融化的倒在他懷裡…好吧，此時此刻就讓我變成一隻溫順的小貓咪，向以愛之名豢養我的主人臣服…

突然我碰到了那條手帕，那條李傑還握在手裡的Arthur的手帕，一條無辜第三者的手帕，卻足以澆熄我才燃起的情慾之火。我順手搶了回來，同時掙脫了李傑的懷抱。他尷尬的近乎惱羞成怒的逼視著我，半晌，冷不防，一揚手，送了我一記清脆的耳光。

之十三　手機裡的愛情祕密

×月×日天晴

今天是大年初一，我不能免俗的回到了家鄉和父母過年。說起來這個父親是母親在父親死後再嫁的繼父，我和他是既沒有血緣關係也沒有感情的，我從來沒有當面叫過他爸爸，只是從小為了怕同學知道我是母親帶來的拖油瓶，我都讓別人以為我是父母雙全家庭出生的正常小孩。

在碰到Arthur之後，我才了解，不論我偽裝的多麼堅強，多麼地若無其事，我心裡真的渴望有一個像父親般的成熟男人能呵護我、關心我、愛我。這種愛和李傑之間的愛又有什麼不同？我真的不知道，因為到目前為止什麼都沒有發生，雖然小年夜那天晚上Arthur終於出現在店裡。看見他，我心頭一震，但隨即就被李傑那一巴掌的記憶給冷卻了。我甚至刻意不看他，還好當時正是下班客人最多的時候，夠我忙得不需要理睬他。

他一直坐著等我，我知道，從他偶而尾隨我的眼光，我就知道他在等我，雖然他的眼光既不炙熱也不煽情，甚至可以說是冷靜的。只是，我不想再自我陶醉，他只不過是一個死去父親的幻影，一個無法比較虛幻不實的幻影，因為在我三歲時就去世的父親，從不曾在我腦海裡留下任何記憶。我似乎被李傑狠狠地那一巴掌打醒了。是的，我不必不自量力的以為一條無聊的手帕就是愛情的信物。

Arthur終於走了過來，遞給我一張他的名片：想還我手帕的時候就隨時找我。然後打開門在寒風中拉著風衣的衣襟頭也不回了走了。那是一張精緻的名片，設計簡單大方，卻燙著銀色的公司標誌，不出所料的，上面印著他是一家網路科技公司的總裁，就是現在最流行、最時髦的網路新貴吧。同事小芳立刻湊過頭來，將他的名片一把搶了過去瞧，當場興奮的驚呼起來：妳釣到大頭了！隨即，又壓低嗓門三八兮兮的說：小心不要變成外遇第三者喔，這麼好的男人哪會是單身一個？

小芳想的應該是每個女人對他的直覺反應吧？然而在他遞名片給我的時

候，我敏銳的觀察到他手上並沒有戴著任何戒指。難到我遇見了單身貴族？每一個女人夢寐以求的理想情人或是理想對象？或是理想父親的優質模型？我不敢多想，下班匆匆回家收拾了行李，告訴李傑我要回家過年便直奔車站搭了夜車回到家鄉。再回來時，是否也是該和李傑結束的時候？不管他說多愛我，我絕不原諒一個會打我的狠心男人，雖然事後李傑已經再三的道歉了。

現在，我正在充滿鹹濕魚腥味的小漁港漫步，一艘艘新油漆過的漁船，色彩繽紛的在陽光下隨著海水輕輕搖晃，就像我那顆搖晃的心。家鄉童年的朋友早已失散不知去向，回到這裡我是更加的孤獨，雖然四周全是小孩們追逐玩耍放沖天砲的熱鬧嬉戲聲。我將兩手分別插在大衣口袋裡，一隻手握著他的名片，一隻手握著手機。我該打電話給他？我不該打電話給他？我一步步踏著地上一塊塊的方磚，讓它們像玫瑰花瓣一般來決定我愛情的命運。

終於我走到了磚路的盡頭，我的腳停在：我該打電話給他。我深深吸了一口氣，掏出名片，用手機撥了他的手機號碼。手機響了很久沒人接，在轉語音之前而我正想掛掉了的時候，一個女人接了……

之十四　航向美麗的明天

×月×日天陰

我泡在浴缸裡，氤氳的水氣瀰漫著整個浴室，我無意識的撩撥著毛巾，看著一顆顆晶瑩剔透的水珠紛紛滾落我已經燙得粉紅的軀體，水流的痕跡像一條條爬行的蟲，無聲無息的逐漸癱瘓消失。我舒服的躺在麗珠乾淨的浴缸裡，想著這幾天來生活急速的變化，簡直是不可思議的超出我預設的任何想像範圍。

我不想再見到李傑，也不想再見到Arthur，一直思考著回台北後該何去何從？卻沒有答案。想要搬家該搬去哪裡？想要換工作，一時之間又上哪兒去找？所以雖然在冷清的家裡無所適從，我還是賴到初五才搭車北上。一上車我就閉著眼繼續思考這些沒有答案的問題。李傑打了好幾次手機給我，叫我早點回台北要帶我去玩，在我掛掉了Arthur女人接的電話之後，整個人意興闌珊起來，對他說話的口氣是既冷淡又簡短，終於在電話裡吵了起來。

妳說，那個男人是不是去找妳了？最後李傑幾乎咆哮著預測。我沈默不語，我知道他說的是Arthur。我就知道…算我看錯人了。他忿忿的掛了線，我卻不明白他看錯了什麼？我從來沒說過我是聖女貞德，或者說，我的行為舉止從來沒有彰顯過我是個乖巧賢淑的女子啊！看錯的人應該是我吧，李傑看起來瀟灑不羈，卻對愛情固執己見給了我無限壓力，而Arthur擺明是單身的模樣，卻分明已婚…難道這世上很多人都表裡不一嗎？

唉，算了…我抬起頭望著車窗外飛逝而過的雨景，黑鴉鴉的雲層直壓到我胸口來，壓得我幾乎喘不過氣來的咳了幾聲，連著在冰冷的空氣裡渾身哆嗦起來。喂，顏花子，果然是妳！突然身邊的人喊著我的本名。我轉頭一看居然旁邊坐著國中死黨林麗珠，多年不見，她在寒冷的冬天裡，依舊掛著一張如陽光般的笑容，身上時髦的毛邊紅背心和緊身紫皮褲熱得也像一團火，我突然覺得整個人暖和了起來。

就是這樣，久別重逢的我們，在車上親熱的聊了起來，我把我眼前的困境全告訴了她。Don't worry有我瑪格麗特在。麗珠現在叫瑪格麗特，就像我叫薔薇一樣，我們都想擺脫鄉下孩子的原形，而土氣的名字是最明顯的註記。下車後麗珠立刻和我回台北的公寓搬家，還好李傑不在，卻遇見了阿紅。自從上回她爛醉如泥的親了我之後，不知誰躲誰，總之她好像就從這房子裡消失了似的，不曾再見面。

阿紅叼著根煙斜依在門檻，瞅著我和麗珠整理東西，還冷眼打量了麗珠好一會。喂，菜鳥仔，翅膀長硬了要飛了？小心到處亂飛折斷了雙翼啊！她順便做了個小鳥亂飛的可笑姿勢。是的，跟著麗珠走，我不知道會走到哪兒去，但是起碼我可以立刻有個地方落腳，工作暫時也有了著落，因為麗珠還說要介紹我到她上班的Pub去打工。於是，現在我泡在滿滿的一缸子熱水裡沈浮，像在無垠的大海中游向不可知的未來，既虛脫又幸福。麗珠去上班了，四下悄然無聲，只有我和我自己。我爬出浴缸凝視著鏡中的自己，一盞漂亮的壁燈熠熠生輝的照亮著我光滑的肌膚，我年輕又勻稱的身體上，毛細孔正慵懶的一個個輕柔舒張，好像張著嘴低聲合唱著：是的，美麗的明天就在眼前⋯⋯

之十五

長島冰茶的矛盾

×月×日天晴

這是一家位於台北東區巷弄裡的前衛Pub，進出的人大都是附近的白領上班族，或是一些慕名而來的典型雅痞，每天晚上10點開始的勁歌狂舞時間，我們現場DJ Johnny所放的曲子和帶動的氣氛早已遠近馳名。稍早的晚餐時間客人三三兩兩，吧台小毛抽空教我調酒，空氣裡瀰漫著BSB新好男孩Shape of My Heart溫柔又浪漫的迷人歌聲。

小毛是個漂亮的男孩，長長的睫毛、白皙的皮膚，說起話來還喜歡用個ㄋㄟ字做結語。我先教妳一些最基本的ㄋㄟ，像這個最普通的Long Island Ice Teaㄋㄟ，就是20 cc的琴加15 cc的蘭姆加15 cc龍舌蘭加15 cc伏特加，再各加15 cc檸檬汁、柳橙汁就好了ㄋㄟ。小毛邊說、邊俐落的將各種酒和果汁先用量酒器量好再倒進雪克杯裡，接著他舉起右臂以斜角45度搖晃起來，無懈可擊的專業姿勢，又酷又帥的模樣讓我看得人都呆了。

調好了最後記得倒點可樂就行了ㄋㄟ。小毛將酒倒進杯裡，再在杯沿插上一片檸檬遞給我：喝喝看ㄋㄟ，想要成為一個好的bartender，除了要會調酒更要會品酒ㄋㄟ。我快要被他的ㄋㄟ給煩死了，還好他又黑又亮的眼珠子頻頻鼓舞著我的耐心。瑪格麗特說他是個gay，一個比女人更像女人的男人，而且他早就出櫃了，從來不忌諱讓別人知道他是同志。

我喝著長島冰茶，望著大片落地窗外在黑夜裡不停閃爍著的耀眼霓虹招牌，一切好像都不太真實，不真實到我覺得自己已經是個道地台北人，一個走在時代尖端的台北人。每天穿著仿三宅一生的黑白制服、聽著全世界最流行的音樂、調著喝著最嗆最IN的各種雞尾酒、聽著最前衛的八卦資訊、學著最勁爆的生活語言、看著全台灣最時髦的男女在我面前川流不息……我應該很興奮很快樂才是，偏偏我卻陷入思戀李傑的哀愁裡。

人真是奇怪的動物，當愛情緊緊糾纏著你時，你可能避之唯恐不及，然而當它消失的無影無蹤後，你卻不得不眷戀起來，畢竟他是我的第一個男人。在我匆促的搬家和離職後，我立刻換了手機號碼，我說過我不想再見到李傑和Arthur，當然不想他們再找到我，如今我卻有點後悔，身在一群都是陌生人的新鮮環境裡，一份曾經熟悉的情感卻常常在午夜夢迴時跳進腦海。就像長島冰茶看起來像冰茶，其實卻是後勁濃烈的酒，人生總是不停的在矛盾中前進。他已經找不到我了，而他會找我嗎？

嘿，Everybody，我是你們今天晚上的DJ Johnny，今晚讓我們的靈魂一起燃燒吧，燒到天堂燒到地獄，燒到你靈魂的最最深處，OK，Let's go！震耳欲聾的重金屬音樂驟然響起，五光十射的燈光穿梭在每一個人身上，舞池裡男男女女的吶喊嘶吼隨著音樂的強勁節拍穿透慾望的深淵，抽搐扭動，哦，我們都在靈魂撕裂粉碎的快樂邊緣。現在，我往各檯送著啤酒、雞尾酒、烈酒，不自覺的隨著音樂搖擺身軀，整個人陷入莫名的亢奮中，是的，音樂就是痲痹神經最好的搖頭丸，既不傷身又能提神，讓我夜夜精神抖擻的忘記了我的寂寞和孤單…突然在煙霧瀰漫的視野裡，我看見Arthur摟著一個渾身穿著火辣的女人走了進來…

之十六 情色冒險之旅

×月×日天晴

今天是西洋情人節，近午起床我就收到Arthur傳來的簡訊，上頭寫著：Happy Valentine's，中午見。他約我到一家義大利餐廳吃飯，說是要對我打手機給他落空的事情致歉。我趕到餐廳時他已經到了，還沒坐下，他就起身微笑著遞給了我一束嬌豔欲滴的紅玫瑰，一切是那麼從容那麼理所當然，從我們的重逢巧遇開始，似乎就天註定似的順理成章。

那天，當Arthur帶著那名穿著火辣的女子出現時，我以為是我的錯覺，沒想到眼尖的麗珠馬上笑吟吟的迎了上去，露出她招牌似的陽光笑容：Hi，常董今天又帶新人來見習啦？緊接著就勾著Arthur的手臂往吧台走，直走到我面前。來，我替你介紹，這是我的死黨兼同居人薔薇。他一見是我，並不驚喜也不訝異，只是放開了摟著女郎的手臂，凝視著我，半晌才說：沒想到台灣真小。

倒是麗珠吃驚的不得了，對著我喳呼起來：怎麼可能你們兩個認識？難道常董就是妳說的那個患了中年外遇饑渴症男子？哈哈笑死我了，我們的常董可是標準的失婚單身貴族呢，妳說接他手機的那個女人肯定是他15歲的女兒啦…也不管我的臉已經滾燙地像個火爐，麗珠拉開嗓門在震耳欲聾的音樂裡，嘰哩呱啦的說個不停。

她說Arthur除了是一家熱門網站的老闆兼總監還是這家Pub的投資人，所以，他經常會帶新人來這裡練習身段，因為透過熱舞的搖擺，肌肉和骨骼都會更放鬆更柔軟，讓每一個情色寶貝都能在鏡頭前擺出最自然又撩人的姿態。搞半天，原來他的網路公司是情色成人網站，不過連形象清純的女星張庭也在經營了，實在也沒什麼大不了吧。

Arthur坐在吧台前微笑聆聽著，那辣妹已經閃入了舞池自個跳了起來，她擦得紫紅的嘴唇在燈光下泛著銀色的鬼魅光芒，豐滿的身軀如蛇般的扭動著，雪白的胸部微微顫顫的呼之欲出，是一種視覺的挑逗更是一種慾望的誘惑，連我都看得臉紅心跳更何況是男人？偏偏Arthur目不轉睛盯著的人是我，我低下頭照著order單調著我們的招牌雞尾酒Erotic Beach。

她們在我來說只是工具，生財工具，根本不是女人。他一語道破我的心思，白皙的手指優雅的握著綠色啤酒罐，那要命的漂亮濃眉微微蹙著，像極了自說自話。我打過手機要還你手帕……我知道，剛剛瑪格麗特說了…我不知道你有女兒…三年前離婚以後就跟我了…真好命都15歲了…為了她我23歲就結婚了…我就這麼和Arthur隔著吧台一問一答起來，直到我答應了他的邀約。

我太隨便嗎？一點都不，我只是好想好想過個情人節，第一次過情人節，和一個還不是情人的男人，和一個能撩撥我心深處情弦的男人。我知道這可能會是一場冒險之旅，我太年輕他太世故，可是又有什麼關係，反正我還有大把的青春抓在手上，而他卻即將步入不惑之年，我總覺得勝算操之在我，雖然他的工作有著太多的誘惑，我卻相信我無求於他更不會出賣色相，我當然和那些庸俗的情色寶貝不同。只是，一切真的都能盡如人意嗎？

之十七

意外的致命約會

×月×日天晴

我好像和Arthur陷入了熱戀，其實我心裡明白，對他我只是一種迷戀，一種對中年男子蒼白複雜形體的迷戀，說我愛他？那是自欺欺人的謊言，但是，他沈著冷靜的姿態，卻是我在其他年輕男人身上所看不到的，起碼，和李傑的狂放激烈截然不同，他讓我輕鬆沒有壓力，像一塊海綿，躺在上頭連自身的重力都會消失。

看著我和他每天熱線頻傳，麗珠玩味的提醒我：妳玩玩可以千萬別太認真……。麗珠不明白，她從小到大不愁吃穿，父母疼她疼得不得了，連我們現在住的房子也是她爸買給她的，上班對她來說就是遊戲玩耍，而我成長宿命的陰影卻像片烏雲般迤邐相隨，讓我隨時在尋找生命的出口，就算那是深淵我也有膽縱身一跳。

情人節那天，Arthur送我回家，下車前擁住我在我額頭輕輕一吻：再遇見妳真好。他淡的像白開水一樣的溫柔，撥開了我心底的烏雲，牽引出了一絲微弱陽光，如同他溫熱的體溫，我靠著他久久不能言語，希望時間就這麼死去。嗨，下星期和我女兒一起吃飯，我想要妳認識她，他突然說。

我見她幹嘛？我才不想當一個小我幾歲的女孩繼母，只是Arthur說認識她我會更了解他。一切似乎發展的超乎我預料的快，基於好奇吧，我還是依約準時來到了一家大飯店裡的泰國餐館，那是個金碧輝煌的地方，我一身牛仔衣褲的穿著立刻顯得寒愴起來，我吸口氣假裝自在的走了進去。

Lily和我想像中完全不同，清湯掛麵的學生頭素淨的衣著，不是那西門町滿頭染髮打扮成原宿109辣妹模樣的叛逆少女，看起來是有教養的女孩。叫薔薇阿姨。Arthur說，她沒開口只是牽動嘴角露出一排細小的牙齒，似有若無的笑了下。小孩子不懂事，別見怪。Arthur見狀趕忙解釋。沒關係叫我薔薇就好。她轉頭望向窗外，無所謂的聳聳肩：嗨，薔薇。

我開始吃了一頓最無趣的午餐，沈默聽著Arthur一直和Lily談論著她學校的事情，好像我是個完全不存在的隱形人，只有慢慢咀嚼著那嗆辣的菜餚讓我覺得我還有點事做。聽起來，Lily經常在父母的接送中過日子，一下子和媽媽去外婆家慶生，一下子和爸爸去俱樂部游泳度週末，總之她是個被瓜分的單親孩子。我突然覺得她的單純乖巧是偽裝的，就和我的瀟灑冷酷一般，我們都靠著保護色過日子，因為幸福已經離得太遙遠，而我們卻必須若無其事的活下去。

果然，Arthur去洗手間的時候，她瞄了下我，刻意壓低了嗓門說：我偷偷告訴妳喔，雖然爸爸說我如果什麼都不說，他答應買最炫的彩色手機給我…妳和我的家教老師好像喔，她是爸爸的女朋友…爸爸是為了她才和媽媽離婚的…不過下場粉慘喔…她被我氣跑了…我要爸爸在她和我之間做選擇，爸爸當然選我喔…聽說她還自殺了兩次呢！

Lily狀似無辜的笑了起來，那排小小的牙齒發出了陰森森的白光，刺得我一陣頭暈目眩，我想也沒想的拿起背包就衝出大門，隨手攔了一部計程車，一跳上車我的眼淚就不聽使喚的唏哩嘩啦流了下來，同時手機也隨即響了起來……

之十八 慾望的重逢

×月×日天晴

我赤裸的躺在李傑的床上，激情過後全身像泡過熱水澡一般，鬆軟無力的沾滿了汗水。他用力的擁著我胳膊，在我耳邊呢喃細語：我找妳找得好苦，不要離開我，再也不要離開我…他溼潤的嘴唇又貼上來，瘋狂的吸吮著我因為一直哭泣而乾涸的嘴唇。從我逃離那家泰國餐廳開始，我就一直哭泣，像要把心掏空似的哭著哭著，是的，我是自取其辱，該愛的我嫌煩，不該愛的我自找麻煩…連最後不得不接聽那持續響個不停的手機時，我的眼淚仍舊流個不停。

你不用再找我了…我接起手機哽咽的劈頭就說，眼前全是Lily那張牙舞爪的小白牙。妳怎麼了？薔薇？那頭傳來的卻是李傑焦急的聲音，彷彿在我即將沈溺的大海裡一絲救贖我上岸的生機，我緊緊握著手機泣不成聲。此時此刻我最需要的就是一場激情的演出，一夜能暫時忘掉痛苦的狂歡，李傑出現的正是時候，我叫計程車開到我們曾經一起待過的地方，他還住在那裡剛辭去了公關公司的工作。

他開了門，消瘦了的面龐讓他褐色的眼珠子顯得更深邃，對我的迷戀和思念全都化成了炙熱的火焰，要將我燃燒、將我毀滅。他什麼也沒說的張開手臂，我撲進了他懷裡，抱著他痛哭流涕，是贖罪、是懺悔、是莫名的生理激情？我不知道也不想知道，我只想忘記一切，把所有的愛怨情仇寂寞蕭索拋到九霄雲外。

什麼也別說。他開始狂熱的吻我舔我，那熟悉的男人體味迷惑了我的知覺，我忘情的回應著，用指甲深深摳進他的背脊，好像恨不得吞噬他、撕裂他，將他碎屍萬段和我脆弱的靈魂攪拌在一塊，這樣我才能忘記自己的痛……在他既陌生又熟悉的動作中，肉體的狂亂很快的過去了，我卻越發清醒，和李傑久別重逢應該是上帝憐憫我，不讓我再受折磨，給了我一個機會，一個重新認識愛的機會。雖然我的手機新號碼是他千方百計從以前咖啡店小芳手中騙來的，我們的重逢是刻意而非天意所造成，但是又有什麼關係？

我輕輕地撫摸著他的面頰，以從來不曾有過的溫柔聲調告訴他：好的，不離開，再也不離開…然後便墜入了夢鄉，朦朧間彷彿看見Arthur牽著一個小女孩從雲端走過來，那女孩打扮得如小天使般的純潔可愛，蹦蹦跳跳地好不快樂，只是突然她看見了我，臉色一變哇的一下張嘴就哭了，我也嚇了一跳，她怎麼長得和我小時候一模一樣？

我驚醒過來匆忙的套上衣服，拿起背包就走。李傑追了出來，問我要上哪兒去？上班，現在去還趕得及接晚班，我不想因為曠職讓麗珠為難，我會再打電話給你。我說，丟下李傑走了，離開他為什麼從來沒有依依不捨的離情？我總是走得如此乾淨俐落，但是這次我知道我一定會回來，被愛似乎永遠比愛人多一點幸福的滋味吧。

趕到pub已經是live band上場的時候了。主唱是個菲律賓的男人，一首渾厚軟綿的藍調歌曲正浮游在空氣裡，安撫著黑夜裡每一個寂寞的、齷齪的、虛假的、游離的靈魂，小毛和麗珠正忙碌的穿梭在每個靈魂的縫隙裡，用精心調配卻又千篇一律的酒精麻醉、灌溉他們，讓魔鬼滋長腐爛，讓天使墮落哀號…角落裡，一個被遺棄的孤魂正等待著我…

之十九

酒後的瘋狂世界

×月×日天晴

那天坐在pub昏暗角落裡，慘白著一張臉像具失血幽靈般等著我的人，正是Arthur。他等妳一個晚上，已經喝了好幾杯Whisky Double了ㄋㄟ。小毛用肘子撞撞我，朝他坐著的那個方向呶呶嘴，還曖昧的眨了下眼睛。我假裝沒聽見，忙碌的照著order單調酒、送酒，還刻意避開他那桌。我心裡已經沒有一點漣漪，對他的幻想全被Lily那張小白牙的嘴，咬得支離破碎。

麗珠好奇的打量我，不相信前幾天還為他魂不守舍的我，今天卻是如此的平靜鎮定。妳好像吃錯藥了？我牽動嘴角甜蜜的笑起來，和李傑親密的餘溫在心裡發酵，那是抗拒Arthur誘惑的唯一力量，我告訴自己：是的，愛情正在逐漸壯大，壯大到可以殺死任何蓄意侵入的微小細胞。想著，我的身體輕盈起來，在酒氣沖天的人潮裡、在情慾撩人的音樂裡肆意漫舞，像一個初生的純潔嬰兒。

有一桌客人喝醉了，有人開始叫囂、嘔吐、拉扯…其中一個女生居然扯下內褲當眾撒起尿來，旁邊圍繞的男人，有人吹口哨、有人拍手叫好…所有人性最醜陋的一面，被酒精挑撥燃燒的無所遁形。麗珠見怪不怪的撇撇嘴、聳聳肩：別用酒瓶砸人出人命就好。我實在看不下去了，不顧她和小毛的阻攔，我走過去，強把女生拉了起來。

誰知道，醉得不省人事的她居然往我胳膊用力咬了一口，我痛徹心扉的慘叫了起來，她卻緊咬著不放。喂，妳有沒有搞錯啊？我氣得反手扯住那女孩頭髮，想把她拉開，根本不知道和喝醉酒的人是絕對爭不得是非的。或許我也弄疼了她，她雖然立刻鬆了口卻也馬上揚手打了我一耳光。

圍觀的男人立刻興奮的騷動起來，巴不得我們兩個女人能打起來…我捂著面頰，手臂上已是深深的牙齒烙痕，血絲滲了出來…最近我和牙齒有仇嗎？我的憤怒被撩撥了，反撲上去，想給她致命的一擊。突然一雙有力的胳膊從後頭架住我，讓我動彈不得。

瑪格麗特，快叫五哥他們來處理。Arthur邊沈穩的發號司令，邊拖著我往外走。我踢著腿掙扎，不讓他得逞。放開我，你沒有權力這樣控制我！他一路拖著我，我一路叫罵著，客人自動讓出了一條走道，紛紛竊笑看著熱鬧，宛如今夜喝得酩酊大醉的人是我。

Arthur拖我到門外將我丟進他的車裡，我拳打腳踢的對付他，怪他多管閒事。事情怎麼會變成這樣子呢？事情不應該是這樣子的。終於我耗盡力氣開始啜泣，眼淚不爭氣的流了下來。薔薇，妳實在太單純，妳不應該來這裡上班的。好不容易Arthur終於關上車門坐到我身邊，他身上傳來一股濃烈的酒氣。

妳不要哭好嗎？看妳這樣哭我會心疼的。他溫柔的說著，試著用手臂圈住我…突然Lily說的話浮上腦海：我偷偷告訴妳喔，妳和我爸的女朋友好像喔…我推開他，像鴕鳥般的將頭埋進雙腿間呢喃著：不干你的事，你走開，我這輩子都不想再見到你…我就是我，我決不是個愛情替代品！

妳聽我解釋，事情不是Lily說的那樣的。你怎麼知道她說了什麼？她是我女兒…那我呢？我是你的誰？一個消遣的玩偶？不、不、不是，妳是薔薇我的薔薇…Arthur雙手捧起我含淚的臉，狂熱的吻了起來…

之二十　徘徊的愛情十字路口

×月×日天晴

我依舊在Pub上班，雖然Arthur要我辭職去他的網路公司當節目企劃，他說他可以給我在Pub雙倍的薪水，但是我堅持不要，我不想做一個讓他豢養的女人，就算是憑本事賺錢，我也不想沾他的光，明知他愛我，願意盡其所能的滿足我，不論是精神或物質。

我相信他真的愛我，不是因為他再三解釋Lily異常言行是害怕失去父親的正常反應，而是，那晚在他深情熱吻的悸動中，一切變得好不真實，我那忽然燃起試探的念頭，居然隨即驗證了愛情的強度。記得我推開他，撥開我的長髮，幾近殘酷的挑釁著；你確定你愛我？當你看清我真面目的時候，你還敢愛我？

我面頰上那片赤紅的胎記想必在車外投射進來的霓虹燈光下，閃爍著既恐怖又鬼魅的五彩光影吧。如果能因此嚇壞他，我就能安心的和李傑談場正正常常的戀愛，不會分心、不會背叛、不會再流浪，因為不明所以的，在Arthur的身上，我已經嗅到了受傷的氣味，是一種血肉模糊、傷口潰爛的愛情味道。

Arthur帶著三分酒意的眼睛，開始溫柔的舔著我的胎記，一點都不懼怕，甚至帶著幾分激賞。我幹哪一行的？我早看到了…不要以為我是看上妳的姿色，我網站的寫真女郎，臉蛋身材比妳漂亮的多的是…我要的就是妳的這份率真，一份有泥土味道的美麗。

我醉了，當時我真的醉了，我倒在他懷裡闔上眼任憑他擺佈。他卻除了吻我再吻我，完全沒有進一步的需索。相信我，我一定會好好疼妳…他含糊的認真說著，我的眼淚立刻唏哩嘩啦的流了下來。從小到大，從來沒有人對我說過這麼一句話…一句像父親般會說的疼惜呵護語，卻如春雷般猛烈敲擊著我乾涸的心田。下吧，這場激情的雨就讓它下吧，就算它會氾濫成災我也渴望它的滋潤…終於我在他的懷裡昏昏睡去。

他在清晨的時候送我回家，臨走又深情的吻了我一次：給我一點時間，Lily會接受妳的…我搖搖頭笑著跳下車，我和他之間又和Lily有什麼關係？那個滿嘴小白牙的小魔女，我絕對不會讓她有再傷害我的機會，我將化身為Arthur的另一個女兒，和她爭寵奪愛…幾滴早春的雨水從屋簷滴了下來，一陣冰涼，我為自己的想法打了個寒顫。

麗珠躺在客廳沙發上等我，我開門鎖的聲音吵醒了她，她睡意朦朧的將背包丟給我；昨晚妳打架打到背包都不要啦？不知道誰一直打手機給妳，吵死了。她說完轉頭又睡，這時候手機又響起了刺耳的鈴聲，我急忙掏出來，一看來電顯示我直覺的趕緊關機。是李傑，當然是他，從我去找他到我走，一切如真似假，如果我是他恐怕也會找瘋了吧？

現在我正在吧台忙著，而手機又一直響個不停，我看著來電顯示上的號碼根本不接。李傑已經連續call我call了一個星期，我知道我應該回電，但我沒有勇氣，我答應他我一定會再回去找他，而我又該怎麼回去？帶著一具沒有心的軀殼去安撫他？欺騙他？乞求他原諒我對愛情的不忠？還是就玩玩腳踏兩條船的遊戲，反正Arthur也忙，不會整天盯著我。拜託妳接一下好不好ㄋㄟ？當手機再次響起時，連好脾氣的小毛都不耐煩了。好，妳不接我接⋯

之二十一　忌妒的怒火

×月×日天晴

Pub還沒開門，麗珠就陪我先來了，她說為了我的生命安全，我不能和Arthur的前妻Debbie單獨談判，強調她是個母夜叉，和Arthur離婚前有一次兩人吵架，她把他抓得滿臉是傷。那天小毛接的電話居然是Debbie打的，她堅持非要見我一面不可，說要告訴我一些事實的真相。到底她想說什麼，我並不很好奇，我相信旁人的閒言閒語不會改變我對Arthur的感覺，甚至因此還會更頑強的抵抗外來破壞的力量；倒是，我真的很想知道Arthur曾經和怎麼樣的女人結婚，於是我答應了她見面的要求，但是地點由我決定。

Debbie真是個成熟又漂亮的女人，臉上的妝畫得十分細緻又自然，粉嫩豐腴的面龐上，兩道彎彎的柳葉眉襯著擦得鮮豔欲滴的兩片紅唇，在一身夏姿改良式旗袍裝的包裹下，使我想起了老上海月曆裡的吳儂美女。她像粒成熟飽滿的紅蘋果，色彩眩目的香氣四溢，讓人恨不得能咬上一口，而我卻如一顆青澀的橄欖，單調生硬的嗅不出任何風味，更不可能讓人有食慾。我突然懷疑，Arthur為何會離開她，甚至看上我？

妳真是年輕呢。她風情萬種的撥了下額前的瀏海，嘴角微笑著，狐媚的雙眼卻如X光般的打量著我，手上一粒起碼兩克拉的鑽戒在Pub的投影燈光下熠熠生輝，似乎也咧著嘴恥笑著我的寒酸…有了上次和小白牙相處的經驗，我今天是有備而來，她不可能再輕易的傷害我。他老牛吃嫩草的老毛病還真是改不了呢…接著她就平靜的告訴我，Arthur原來是個兩袖清風的窮書生，全靠她娘家的財力創業，沒想到事業有成後就四處搞幼齒婚外情，還逼著她離婚…她邊說邊委屈的啜泣起來，十足失婚棄婦的模樣，如果不是我早有心理建設，恐怕我就會信了她進而同情她，或是說，我將因此唾棄Arthur，一個在她嘴裡幾乎是吃軟飯又背信忘義的愛情玩家。

妳告訴我這些的目的是？我冷靜的對應著，我不是外遇的第三者，她憑什麼擺著元配的姿態來數落她前夫？我是怕妳受傷害，妳還這麼年輕，何必為一個離婚的中年男人毀了自己的大好前程？她抬起眼幽幽的說著，我卻看到了她那連皮帶骨牽扯不斷的不甘和不捨。妳還那麼漂亮，何必為一個已經不愛妳的男人牽腸掛肚？我立刻回敬她。如果這是一場愛情的捍衛戰，我已經全身披上了盔甲，手執長矛嚴陣以待。

好利的一張嘴啊，難怪一下子就把他騙得團團轉！她憤怒的站了起來，先前的優雅美麗全被妒忌撕裂了，在我眼前只是個年華老去空虛怨懟的醜陋女人。我不說話，冷眼看著她，慶幸還好麗珠就在不遠處。我來找妳是看得起妳，妳以為妳是誰啊？給妳臉妳不要臉！她突然拿起桌上的冷咖啡朝我潑灑，我既不驚慌也不閃躲，力持鎮定的和她對峙。

妳為什要和我爭呢？妳又年輕又漂亮……終於她軟弱哀慟的倒在桌上哭泣起來，眼線和粉妝開始剝落，那藏在髮梢的魚尾紋殘酷的現出原形，為她的哀傷增加了強大的戲劇張力。我幾乎不忍了，是的，我還年輕我還有李傑，我何必去淌這攤渾水？此時，冷不防她拿起咖啡杯猛力朝我臉上擲過來……

之二十二　無形的殺傷力

×月×日天陰雨

我躺在醫院裡正好一個星期，我的右耳後縫了七針。那天Debbie將咖啡杯朝我迎面擲過來的時候，我當場愣住了，還好千鈞一法之際麗珠大叫了聲：薔薇！我回了神頭一偏，杯子幾乎只以一公釐的距離，驚險的擦過我的面頰，轟然撞裂在牆面上。那四處迸散的碎片，如子彈般的火力四射，一片帶著強大的威力插入了我的右耳後，如一把尖銳的匕首立刻讓我血流如注。

麗珠送我到醫院的路上，我就昏了過去…不知過了多久，朦朧之間，我看見病房裡一片昏暗，窗外低垂的夜幕和華燈初上的光影，在天空交織成一片奇異的美麗景象，如真似幻…突然我看見Debbie牽著Lily，兩人都穿著瑰麗的七彩衣裙，手上捧著一大束薔薇，笑吟吟的穿過窗櫺從天而降，站在我病床前俯視著我，鮮血從她們眼角慢慢地溢了出來，滴滿了我的床單，逐漸將我淹沒…

我驚嚇的坐了起來，牽動耳後的一陣劇烈刺痛直揪住我的心肝。一隻溫暖的大手及時握住了我冰冷顫抖的手；薔薇，妳終於醒了。是李傑，怎麼會是他？那Arthur到哪兒去了？憑空消失了？他難道不知道我為了他受了多少驚嚇多少痛苦？從肉體到精神層層相疊。突然我的委屈如洪水般的宣洩而出，夾帶著千軍萬馬的力道，我哀慟的哭了起來，一發不可收拾⋯李傑傾過身子摟住我呢喃著：寶貝，不要哭，我絕對不會讓妳傷心流淚，我也絕對不讓別人讓妳傷心流淚⋯

他對我的溫柔我的愛，卻讓我更空虛更傷心，難道Arthur已經輕而易舉的掏空了我的靈魂和肉體嗎？我竭盡所有力氣的哭泣著哀號著，心裡吶喊著：為什麼我還沒有享受到愛情的甜蜜，就必須先受到它無情的摧殘？為什麼？為什麼？李傑一直替我抹去臉上的淚水，沈默的讓我盡情的發洩⋯直到哭泣變成再也流不出一滴眼淚的乾嚎。我筋疲力盡的倒在他的懷裡喘息⋯他炙熱的雙唇蓋上了我乾涸的嘴皮，一切似乎有回到原點，我好像從來沒有離開過他也從來沒有愛過他。

接下來幾天，李傑天天陪著我，失業的他反正時間多的是。偶而麗珠會來，叫我安心養傷，一切她都為我處理好了，連我的手機她都替我關機收好，因為她不要任何人打擾我。意興闌珊的我什麼都不想問，麗珠對我的好毋庸置疑，但是，李傑的出現和Arthur的消失，突然讓我覺得一切都是她安排好的計謀。今天她又來了，我冷眼看著她和李傑談笑風生，心裡的疙瘩逐漸膨脹成一顆不定時炸彈⋯

李傑出去買東西，麗珠說等他回來她再去上班，同時興奮的告訴我明天就可以出院了。現在她坐在床邊削梨給我吃，還邊說笑話讓我開心，直到我把一盤梨吃光。為什麼？我問，同時嚥下了最後一口梨。什麼為什麼？麗珠露出她燦爛的笑容，兩隻大眼睛無邪的眨巴著。為什麼妳不讓我和Arthur見面？他難道不知道我受傷住院？不知道我一個星期沒上班？我一口氣把話說完，深怕說慢了就說不出口了。

我⋯麗珠遲疑了下，臉上笑容凝結了。我知道妳早晚會問我。麗珠看著我，一點都不意外也似乎早有準備，她一字一句慢慢說著；妳搶走了

Arthur，他原來應該是屬於我的…我從沒想過妳對我無形的殺傷力…直到我發現Arthur對妳動了真情。怎麼可能？難道麗珠和Arthur也有一段情？不可能，絕對不可能！我的痴情霎時對照出我的愚蠢，而老天爺為什麼總愛開我玩笑？麗珠居然對著我又燦爛的笑了起來…

之二十三 無言的離開

×月×日天陰雨

今天是兒童節，那個已經離我幾世紀般遠的節日，我在新公司的宿舍裡整理行李，這是一間四個人合住的小公寓，我和安琪兒合住一間，現在她和住在隔壁間的琳達還有夢露都還在睡覺，習慣紙醉金迷生活的酒廊公關，一向不見天日的讓黑夜滋養她們的蒼白，一個個像隻晝伏夜出的貓咪，在都市叢林裡伺機獵狩可以被她們先剝皮再吞噬的人鼠。

簡單的衣物放妥後，我摸著耳後已經拆線的疤痕躺在床上，凝視著天花板腦中一片空白。為什麼會來到這裡？只為了將過往的沮喪、痛苦、紛亂全部埋葬，一切從頭開始。那天就在麗珠殘忍的揭穿事實真相同時，Arthur居然出其不意的出現了，他心疼的快步走到床邊抱我親我，完全無視於麗珠的存在。他呢喃的說：我找得妳好苦，對不起，薔薇，為了我讓妳受罪，我一定會補償妳的…他白皙的手指溫柔的摩搓著我的臉蛋，指尖傳來一陣冰涼。

麗珠燦爛的笑容霎時凍結，先前的耀武揚威便成了個美麗的謊言，Arthur從來沒有屬於過她。她難堪的過來拉扯Arthur，憤怒的捶著他，同時叫囂著：你不可以這麼無情，你難道不知道我從來就對你一片真心嗎？以前你對我不是這樣子的，自從薔薇來了後，你就變了…你不再關心我，不再逗我開心…你怎麼可以這樣對我？

Arthur木然的任她打罵，沒有任何反應，說麗珠一廂情願，卻又看得出來他們之間那似有若無的情愫。麗珠頹然的坐到地上哭泣，半晌，一躍而起，衝向正蜷縮在Arthur懷中的我，揪起我的頭髮就撕打。我驚駭的發現，原來忌妒可以讓一個開朗漂亮的女人，轉眼之間就變成個醜陋殘暴、面目可憎的惡魔。Arthur推開她，拎起我，說：她瘋了，我們走，我現在就替妳辦出院。

倉惶失措的我拿起揹包，和Arthur就要離開現場，麗珠卻拼命揪著他袖口，狂叫著：不許走，你今天一定要把話說清楚。Arthur突然站住冷漠的看著她，語氣平淡的冒出一句；妳，從來就是自作多情。麗珠獃住了，手一鬆跌坐地上，整個臉色翻青，呼吸急促。我掙開Arthur的懷抱奔過去想攙扶她起來，她將我推開：妳不要貓哭號子假慈悲，妳滾，我再也不要看到妳！Arthur過來拉我：走吧。

正當此時，李傑回來了，見狀一愣隨即衝過來對Arthur咆哮著，要他馬上放開我，Arthur不肯…一眨眼兩人激烈的打鬥起來，醫院的警衛聞聲而來開始拉扯，麗珠也被醫護人員抬上活動床送急診，現場簡直混亂到了極點…我趁機逃了出來，一路跑到大馬路上，才放慢腳步邊走邊掉淚，明知道愛情從來就沒有道理可言，可是憑什麼無辜的我要一再變成受害者？

我走著走著心裡徬徨的不得了，不知該何去何從？晃蕩到一家金碧輝煌的酒店門口，看到了一張紅色大海報，上頭寫著：急徵女公關數名，待優供膳宿，請內洽。我摸了摸口袋僅存的幾千塊錢，吸了口氣毫不猶豫的走了進去…公關經理大牛要了我身分證影本，借了我兩萬塊錢，叫我隨時去上班，於是，我到街上買了些盥洗用品就住了進來。

安琪兒醒了，宿醉未醒的躺在她的床上瞇著眼看了我一會，問到：新來的？為什麼下海？這一行很難做喔⋯

之二十四　生活的變裝遊戲

×月×日天陰

今天我到辦公室打卡的時候，大牛叫住我，丟給我一張報紙，雙眼逼視著我，彷彿要看穿什麼似的；該不是找妳的吧？我們這裡從來不問過去，不過也別給我們惹麻煩。我接過來一看，報紙頭版報頭下，斗大的尋人啓事用紅底反白字醒目地刊載著：薔薇，妳已失蹤數日極為擔心，見報速與我連絡。Arthur。我將報紙一揉丟進字紙簍，笑笑走了出來去換上泳裝。

每天這家酒廊的開場噱頭是要求每一位公關小姐穿上貼身的連身泳裝，在燥熱的重金屬音樂中，隨著七彩投射光影，順著大廳圓形舞池走台步。大牛說要走出選美的模樣，眼光嫵媚姿態妖嬌，勾引每一個可能的客人，讓他們願意為妳撒大把大把的鈔票。三十幾位公關魚貫而出，舞池邊早已矗立的人群，只剩一雙雙貪婪肉慾的眼光，在陰影中來回愛撫著我們年輕的肉體，品頭論足的竊竊私語聲也此起彼落。

剛來三天時我還被要求接受入行專業訓練，從如何拼酒、如何擋酒、如何吐酒、如何撥葡萄皮餵男人吃，到最重要的是如何吊足他們的胃口：因為我們像攤在屠宰台上的新鮮人肉，任憑買客精挑細選，再任憑宰割烹調，以最香豔刺激的美味，填飽他們饑渴的腸胃，透過縱情的聲色犬馬，讓他們空虛寂寞的靈魂得以解脫，去到上帝面前禱告懺悔。

而我們終將得到最實惠的報酬：美酒加金錢，或許美酒喝多了只剩苦酒滿杯的惆悵，新台幣卻能滿足我們的奢華物慾，從香奈兒名牌到蓮花跑車，於是我們的心靈也不再乾涸：有錢男人反而變成獵物，變成大家爭相追逐的肥羊。酒廊公關不是特種行業只是生活的變裝遊戲：一會兒自己裝羊一會兒把男人當羊，有趣極了。

雖然我在Pub待過，可是目睹真正酒池肉林的酒廊夜生活，還是讓我膽顫心驚不已。已經上班幾天了，每天我還是渾渾噩噩的不知今夕何夕，我的靈魂像褪化的羽毛，片片飄零，消失在宇宙的冷酷異境，遺留一具空虛的臭皮囊在地球，任人踐踏，不，應該說是任出錢玩弄女人身體的醜陋男人蹂躪踐踏，雖然我堅持不賣身、不出場、不做場外交易，那些男人的毛手毛腳就已經夠讓我如坐針氈了。

想開點吧，既然做了這一行，就當身體是暫時出租，就像計程車載客一樣，妳是司機，身體是賺錢的工具計程車，客人上上下下來來去去妳坐著收錢就好，在這裡一切都是供需問題，和羞恥無關。安琪兒見我悶悶不樂，居然說出了一套似是而非的謬論安慰我。我不偷不搶出賣青春賺錢，有什麼可恥的呢？來，喝酒吧！趁著坐檯空檔，安琪兒朝我眨眨眼，自己先喝了一大口Whisky 加冰塊，這裡的酒都是一瓶一瓶接著開，大口大口的喝，放縱粗魯，和在Pub的淺酌意境有著天壤之別。

來，划拳！輸的乾三杯。夢露坐在另一頭挑釁著客人。誰怕誰啊？看是台灣拳還是日本拳？客人袖子一挽，拳頭已經比劃了出去，頓時場面熱鬧了起來，一個小姐一個客人紛紛過招，吆喝吶喊杯觥交錯，聽得我耳膜爆裂，看得我眼花撩亂。琳達的胸罩脫了下來，夢露的內褲也不見了…整個包廂充斥著亂世的張狂虛無和猥瑣。只有我，不會喝酒不會划拳的枯坐著，不是自命清高而是無所適從。一個男人趁著兵荒馬亂之際，將手放上了我的大腿摩挲起來……

之二十五

暗夜踽行的吸血鬼

×月×日天晴

那天我打了那偷摸我大腿的男人一巴掌，清脆的耳光聲讓整個包廂霎時安靜起來，所有的喧譁吵鬧像一首高分貝的重金屬樂被嘎然攔腰切斷，四周陷入一片空白，每個人狐疑的盯著我們，不知到底發生了什麼事。男人摸著臉頰滿臉通紅，不知是羞憤還是酒精作祟、還是我剛剛下手太重？我毫不畏懼的凝視著他，同時做好了最壞的準備，大不了被他反手毒打一頓罷了，而且我知道這裡的司機門僮都是保鏢，情況再壞也不可能鬧大。

半晌，他居然哈哈大笑起來：沒想到老子花十幾萬來喝酒玩樂，還會被打？妳是剛下海的新鮮貨？不知道賺這種皮肉錢的規矩？這時一個男人跳過桌子衝上來，揪住我的胳膊，怒吼道：妳這個小賤人，居然敢動手打我們老大？妳找死。他揚起手朝我快速揮來，我閉上眼絲毫不閃躲的等著：卻沒有任何動靜，等我張開眼卻看見那位老大一手架住那男人手腕，一邊玩味的看著我：這麼強悍的女人，我倒是第一次看到，有意思有意思。

接著他環視眾人有模有樣的大聲交代起來：你們也別鬧得太厲害了，待會嚇到了這小妞…妳叫薔薇沒錯吧？他回頭看看我，眼裡居然流露出一絲溫柔。原本以為會雞飛狗跳的場面，反而被他四兩撥千斤的擺平了，整個包廂立刻又活絡了起來，安琪兒忙著說笑打圓場，炒熱已經僵掉的氣氛，琳達和夢露又忙著為男人們開酒斟酒，只是空氣已不再有糜爛的氣息，喝酒划拳變成了和路邊攤沒兩樣的交際應酬。那個男人的叮嚀是無形的規矩，箝制著暗潮洶湧蠢蠢欲動的慾望橫流。

因為這件事我被大牛狠狠地K了一頓，說我命大那天沒被打死。他到底是誰？我的疑慮必須找出答案。大牛那似牛般的銅鈴大眼，誇張的暴睜起來，似乎不敢相信似的：他是這一區的角頭，現在收山做房地產生意，只是手下兄弟還一大票，所以依舊沒有人敢惹他，而且他出手大方、爽快是我們這裡最大的恩客…我警告妳，下次敢再得罪他，妳就立刻給我捲鋪蓋走路！大牛指著我鼻子叫囂了一陣，最後神色一轉曖昧的笑了下，說：記得我們的教條，絕對不能輕易的讓客人到手，知道嗎？

我當時並不明白大牛的意思，直到這一個禮拜來，那老大天天來捧我的場，從進場買到出場，從小酒買到大酒，一擲千金面不改色，但是他再三強調是把我當小美眉沒把我當酒廊小姐，叫我放一百個心。我什麼都沒做也不曾費盡心思的拉客人搶客人，一夕之間莫名其妙的變成了酒廊最紅的紅牌公關，欠大牛的兩萬塊立刻就還清了，還寄了些錢給媽媽，這是我上台北後，第一次有餘力寄錢給她。我在電話裡騙她我找到了證券行營業員的工作，收入不錯要她放心。掛上電話我卻哭了⋯

我快樂嗎？我沒有思考過，不會喝酒卻不得不喝已經讓我痛苦萬分，每天夜闌人靜時，吐乾淨了一整個晚上灌了一肚子的酒渣之後，我只有迷迷糊糊倒頭就睡的能力。Arthur和李傑化成了夢裡的蝴蝶，潛藏在我的潛意識裡，翩翩飛舞戲弄著我記憶裡殘存的回憶，往事像陳舊褪色的老照片，逐漸淡化模糊，離我越來越遙遠⋯年輕是我的本錢，可是我明白從青春到肉體我夜夜透支，四肢越來越羸弱，臉色越來越蒼白，像極了暗夜踽踽而行的吸血鬼⋯

之二十六 歷經風霜的勾引

×月×日天晴

我厭惡這種晝伏夜出行屍走肉的日子，每天喝酒划拳打屁，靈魂和肉體一起沈淪，除了空虛還是空虛，被掏空的軀殼裝載著一加侖又一加侖的烈酒，酒精在血管到處爬行，慢慢吞噬著神智和思考，四肢痲痹腦袋僵化，只剩一張啓闔的嘴，睡醒了喝喝了又睡，日復一日，不知今夕何夕？早晨的太陽不再燦爛，夜晚的星辰也不再閃爍，孤獨的魂魄什麼都看不見，附身貓頭鷹只在暗夜裡才有生命的氣息。

我發現好像每個公關都罹患了深沈的憂鬱症，嘻笑怒罵只是掩人耳目的障眼法，下了班一個個失魂落魄的都不知何去何從？玲達和夢露經常跑到星期五餐廳揮霍，將賺來的皮肉錢再花在買舞男的皮肉上。玩男人怎麼樣？男人玩我我玩男人，哈哈，只有這樣我才發現世界是公平的……我賣酒賣身又不偷不搶，靠勞力本分賺錢，憑什麼被人家叫成下賤的妓女？一次玲達被客人的老婆追到店裡羞辱謾罵，喝得酩酊大醉在宿舍裡鬧起來，拉著我語無倫次的又哭又笑，差點扯破我的睡衣。

小美眉能走就趕快走吧，別像我，為了一點錢做到人老珠黃，從良沒人要，坐檯沒人點，只好出場賣身混一天算一天，等著大牛叫我滾蛋，嘻嘻，好死不如賴活，就看我能賴多久了…賴多久了…才說著她就嘔了一地，酸臭的穢物濺得我一身，然後翻個身就四仰八叉的像條死魚睡著了。她平日精粧細抹的粉白臉蛋，被淚痕洗刷的斑駁脫落，露出一條條赤黃的底膚，看得我怵目心驚，怎麼可能老得這麼快？她只不過大我幾歲啊。

安琪兒走過來，見怪不怪的淡然一笑：嚇著妳了？別理她，每隔一兩個星期她就會發作一次，既然做了這一行，想回頭本來就很難，不認命就是自找苦吃！安琪兒是個未婚媽媽，男朋友見她懷了孕就跑了，她把孩子生下來放在鄉下給爸媽養，自己上台北來做公關。沒辦法，沒有任何一行的錢比這好賺！她坐在我面前，點了根煙吞雲吐霧起來：等我錢賺夠了我要回鄉下開間服飾店，把我女兒好好養大。她露出了如天使般無邪的笑容，和平常的油條老練判若兩人。

那妳為什麼進這行呢？她問。我答不出來，真的沒有為什麼，不是為了貪慕虛榮也不是為了經濟壓力，難道就只為了逃避現實？安琪兒瞅著我好一會，將一根煙抽完了，才說：我們每個人都自生自滅，誰也不管誰，只是，我看妳根本不適合在這裡生存…那個老大對妳是真心的，好好把握吧，跟了他妳就可以脫離苦海吃香喝辣，這對一般姊妹來說是求之不得的上岸機會呢！要走快走…安琪兒重複了一次和玲達一樣的催促。

脫離苦海？是啊，這種日子是夠苦了，在我還沒有跌落深淵萬劫不復的時候，是該回頭了。我開始白天看報紙找工作，晚上繼續陪酒坐檯，老大還是天天來捧場，在我身上花了大把的鈔票，卻再也沒有碰過我一次，對我簡直呵護備至到戒慎恐懼的地步，似乎稍微不敬就會猥褻了我。薔薇，跟我吧，我絕不會讓妳吃苦受罪…酒過三巡，他似乎藉著酒壯膽，在我耳邊呢喃起來。我看著他，第一次正眼看著他，微蹙的兩道濃眉、猩紅酒意的雙眼，勾勒出江湖人的執著，略闊的嘴唇輕吐著炙人的熱情…是一種歷經風霜後的勾引。

我的心急速抽搐起來，經理正好叫我轉檯，我趕緊逃離了他的誘惑。進到另一間包廂，一個我最不想見的人赫然在座⋯

之二十七

相逢何必曾相識？

×月×日天晴

我根本不想見到Arthur，讓他看見我做酒廊公關的樣子，雖然我根本不覺得我是墮落風塵，但是以世俗的眼光來看，誰會相信一個身穿雪紡鏤空薄如蟬翼，外加高叉幾乎見底褲改良式性感禮服的女人，在聲色犬馬的環境裡，只賣笑不賣身呢？

只是做夢都沒想到他居然來了，還特別點了我的檯，為的是確認這個薔薇到底是不是他的薔薇，那個讓他朝思暮想的小女人？看見我當場驗證了他的懷疑，似乎早有心理準備似的，對我露出了那一貫溫柔憐惜的笑容。我卻是錯愕又憤怒的，沒有一點重逢的驚喜，這絕不是我想和他再見面的場合，時間地點內容形式沒一樣對，同時樣樣彰顯離開他後，我生活的不堪與狼狽。

我沒有掉頭就走，也不需要，若無其事的坐在包廂裡其他男人身邊，開始敬酒喝酒罰酒鬧酒，已經學會了最簡單的日本拳，我只要靈活運用五、十、十五、二十根手指頭，加上以誇張的吶喊來揣測對方的出手，就可以和客人嬉鬧的打成一片，讓任何人都看不出來，我薔薇只不過是下海一個月不到的菜鳥。

Arthur的臉色黯淡了，嘴角的笑容僵住了，他凝視著我幾乎想看透我靈魂似的不發一語，那其他的三個男人，聽起來應該是他今晚招待的廣告商，還不明所以的起鬨要我和他拼酒。你們又不是不知道我已經不喝酒了。他面無表情的回絕，我卻不放過他，走過去在他身邊坐下，將酒斟在他眼前的空杯子裡，琥珀色的酒液順著瓶口滑滑而下，像我流不盡的相思淚，直將杯口溢滿竄流到桌面滴濺到地上⋯

夠了，薔薇。他手一攔將我手臂緊緊握住，溫熱的體溫貼著我早已凍僵的赤裸肌膚，在酒廊為降酒氣刻意保持十分冰冷的空氣裡，像一壺才嚥下喉的燙嘴熱茶，一下子暖和了我身軀。我的眼淚禁不住婆娑而下，一滴滴在黃褐色的溫柔燈光下，像顆顆頑皮跳舞的精靈，拼命爬出眼眶沿著腮邊滾動，直到跌落我身上禮服、那鑲著珍珠的薔薇花瓣叢中，才一一失去了蹤影。顧不得在座所有人的不解和詫異，Arthur一把將我擁入懷裡，輕輕舔著我臉上的淚珠兒，呢喃著：跟我走吧，薔薇，這裡根本不是屬於妳的世界，不論妳裝得多好我都知道。這陣子來我極力壓抑著的孤獨寂寞、委屈無奈似乎找到了宣洩的出口，順勢爬上了他的胸口，瞬間，他的衣襟全沾滿了我的淚水，溼透了一大片，將他和我同時淹沒。

就在他的朋友和酒廊公關，所有旁邊的人搞清楚狀況，開始鼓掌訕笑嬉鬧著慶祝Arthur和我小別重逢的時候，包廂的門突然被撞開，滿臉通紅似乎已有七分酒意的老大，盯著我和Arthur——一對緊緊擁抱在座的歡喜鴛鴦，立刻像隻失控的猛獸般，眼裡噴著忌妒的怒火衝過來，往Arthur面前一站揮舞著拳頭：你是什麼玩意？敢動我的女人？不、我不是你的女人！我和你根本沒怎麼樣！我跳起來大聲反駁，激怒的老大臉色一陣青白。賤貨，妳賺我的錢就等於吃我的、用我的、穿我的，還敢說沒和我怎麼樣？我是拿錢讓妳來倒貼這俗仔嗎？

老大一揮拳打得我眼冒金星，還旋了個身跌坐在地板上，Arthur立刻暴跳起來滿臉青筋的橫梗在我和老大中間：她花了你多少錢？我雙倍還給你！混帳！你算老幾？老大用力推開Arthur，趁隙拿起了桌上酒瓶…

之二十八　讓人窒息的愛意

×月×日天雨

那天眼見老大的酒瓶高高舉起，就要朝Arthur頭上重重落下，讓他血濺五步的千鈞一髮時刻，Arthur帶來的三個朋友突然一擁而上，從背後左右將老大胳膊架住，手中的酒瓶匡噹一聲碎得滿地。老大像一隻暴烈的困獸，掙扎謾罵，雙腿騰空翻踢，可怎也動彈不得。看準了他是單槍匹馬闖進來的，平日溫文的Arthur突然也像著了魔似地，五官扭曲的上前揪住老大T恤衣領，狂吼著：如果你真愛她，怎麼捨得動手打她？還打得滿臉流血？

我這才一抹嘴角，手背上立刻沾到了血絲，牙齦也開始隱隱作痛，原來老大那一拳是那麼的力道十足，差點打得我滿地找牙，也打掉了我對他的一絲敬畏。從來沒想過要做大哥的女人，平常他跟班小弟兄們看到我畢恭畢敬的喊著：嫂子！只讓我啼笑皆非。然而冷眼看著他幫手下解決財物糾紛、調頭寸跑三點半的能耐，卻又不禁佩服他一諾千金的魄力。

如今，他酒後失態原形畢露，平日的豪爽氣派原來都是假象，只像個撒野耍賴的小混混，或者是說像個小孩，因為要不到糖吃而吵鬧不休。而Arthur竟然也在情境的烘托下，突然變成了英雄好漢，一個為心愛女子強出頭的巨人。難道每個人都有不同的面相？只在適當的時機才會暴露？我疑惑起來。包括我自己，看似冷漠無情，其實卻是一座能量充沛的活火山，等著伺機宣洩爆發，而那流出來的滾燙岩漿，足以置人於死地。

Arthur的怒吼像暮鼓晨鐘，喚起了老大被酒精痲痺的神經，他突然大夢初醒似的看著我：薔薇…我不是故意打妳的…妳流血了是嗎？原諒我，請妳原諒我…他掙開了箝制他的人，朝我噗通一聲跪了下來，嚇壞了所有在場的人，包括我。從來沒有一個男人如此這般向我表達他的歉意，我倉惶不知所措的看著他，他眼裡居然泛著淚珠。

是個和我一樣從小就缺乏愛的人吧？才會用如此笨拙和強烈的方式傳達愛意，一種讓人生懼的窒息愛意。我在他淚光閃爍的瞳孔裡看見了自己，一個脆弱無助的影子，從來就在等著愛情大量的飼養和灌溉，否則就會逐漸消失幻滅。霎那間，我居然不再怨他氣他恨他，一絲憐憫的溫柔從心底浮游而上，來到我指尖⋯

謝謝你，我明白，可是我真的沒有辦法愛你⋯我用手指輕撫老大的面龐，他絡腮鬍的青渣刺痛了我，我猛地將手伸了回來，一抬眼，正好和Arthur那疑惑不解的眼神相遇。是的，如果從小沒有缺少過愛，沒有人會明白，你可以因為同病相憐愛上一個人，也可以因此不愛一個人。他缺少的也是你沒有的，你們沒有辦法互相依偎取暖，只會讓彼此的傷痛疊床架屋，讓愛情變得更空洞。

或許老大和我有一樣慘澹的童年，所以命運讓我們在行經不同的軌跡後，在這裡相會，他成了黑道大哥，我成了酒廊公關，但我急著逃避成長的陰影都來不及，又怎麼有能力再去承載另一個人的沈重過往？我沒辦法過這麼劇烈起伏的日子，也不想將來有一天他因為涉案跑路，要我跟著餐風露宿的吃苦受罪⋯

聽説夢露剛下海的時候就曾經遇見與我相似的情景，後來差點因藏匿逃犯被判刑。我看穿了老大今日的風光可能是明日的唏噓弔詭之處，説我早熟也好，説我現實也好，在酒廊這種龍蛇雜處的地方生存，每個人的心思都不可能純潔如白紙。

我決定跟著Arthur走了，離開酒廊那是非之地，只是明天的陽光又在哪裡呢？

之二十九 幸福的護身符

×月×日天晴

那天不顧跪地哭泣的老大，Arthur緊緊摟著我往外走，門一開，卻見聞聲而來的老大兄弟們已經將包廂團團圍住，我們這邊只有三個男人，他們卻少說也有十來個，個個面色赤紅眼露兇光，手上雖然沒帶傢伙，但光是赤手空拳我們也會被敲成肉餅。

Arthur牽著我的手微微顫抖起來，只是個單純企業經營者的他何曾遇過這種陣仗？就算他投資的那家Pub不乏吵鬧滋事的不良份子，但和動則刀光血影甚至槍枝索命的道上兄弟比起來根本兩回事，就算今日逃過一劫，結下的樑子事關顏面，老大或他兄弟豈會善罷甘休？我不能因為我而連累Arthur，或者是在我跟他走了後，兩個人從此陷入不明的恐懼中…除非我把話和老大說清楚，然後再走人。

我突然將Arthur用力一推：走，你們快走！伺機動手的那群弟兄，像飢餓已久的猛虎，怎堪到嘴的肥肉溜走？立刻一湧而上，對著Arthur一夥人開始拳打腳踢，嘶吼怒罵聲此起彼落，集體憤怒宣洩著飽漲酒精後的莫名仇恨，而對手卻是無辜的陌生人。住手！你們住手！我驚慌的阻攔，卻被擋在人牆之外束手無策！

夠了！老大不知何時站在我身後，一聲令下，立刻人群散去，遺留倒在地上衣衫不整鼻青臉腫的幾個人。我撲到Arthur身邊，憐惜的將他擁入懷裡，抬頭對老大說：只要你放他走，我就跟你走！不，薔薇，我沒事…妳絕對不能這麼做！我頂多損失一個客戶，而妳卻會賠上一輩子！Arthur摀著胸口齜牙咧嘴的說著，心痛加上肉體的折騰想必他痛壞了。

酒意已退的老大，和先前判若兩人的燃起了一根煙，冷酷的在我們身邊踱起了方步，似乎陷入了進退兩難的困境。他的皮靴在冰涼的大理石地板上，來回摩挲出陣陣寒意，我們就像在等待法官宣判死刑的囚犯般，祈求著上蒼賜予一線生機，時間一分一秒的煎熬著在場的每一個人…Arthur突然跳起來，衝著老大說：你讓她走，我留下來要割要剮隨你便！你找死！老大不知何時手中多了一把匕首，刀尖直指Arthur咽喉。

Arthur軀幹筆直，閉著眼，挺著胸毫無懼色，我卻嚇壞了，不計後果的開始求援：報警、報警！為什麼沒有人報警？倉惶的環顧四下，大牛呢？夢露呢？琳達呢？為什麼我看不到任何一個熟識的人？道德的良知、社會的正義呢？為了怕得罪一個黑社會老大，每個人在這節骨眼上都銷聲匿跡了，難道就眼睜睜的看著這裡出人命？我慌忙掏出手機直撥119，卻立刻被身旁的人揮掌一拍打掉了⋯

老大將尖刀往弟兄手中一丟，仰首大笑起來：薔薇，妳太小看我了，這種偷雞摸狗的事我早就不玩了⋯走吧，我不為難你們了，剛剛只不過嚇唬嚇唬他罷了，看來也是一條漢子！老大走到我面前，深情的凝視著我：薔薇，妳隨時可以回來，我等妳，需要任何幫助的時候，一通電話就行！⋯去吧，只要他好好對妳。他轉頭對Arthur說：感情的事也有個先來後到，你先你贏，不過我警告你，如果你虧待薔薇我就要你死得很難看！

我不敢置信的望著他，事情急轉直下的出乎意料，而警車鳴聲也由遠而近，大家一轟而散…我終於和Arthur走了，走得輕鬆自在沒有任何負擔，不怕日後不明所以的被人叫囂挑釁，甚至老大還成了我的護身符，幸福的護身符，只是，他對我的叮嚀，對Arthur的告誡，真的會讓我找到幸福、守住幸福嗎？我不知道，歷經了這麼多事，幸福的滋味不再需要激情甜美，而是安份平淡，只是Arthur能給我嗎？

之三十 愛情的女神與侏儒

×月×日天陰雨

我住在Arthur替我租來的小套房裡，像個被他金屋藏嬌的小女人，足不出户，等待著他每天蜻蜓點水般的來一下，然後又走了，又來了。我是一朵盛開的薔薇，他似採花的蝴蝶，來來去去行蹤飄忽不定，而我只能在原地盼著他的垂憐青睞。風姿綽約的我，正耗著青春滋養的美麗，有朝一日，必然枯萎凋謝，而愛情的蝴蝶也會振翅飛去，去尋覓另一株鮮艷的花朵。重逢只讓我看見了再分離。

我快樂嗎？是的，一間能遮風避雨的小屋，讓我與世隔絕，像個大隱於市的仙子，活在盪氣迴腸的愛情幻境裡，一切那麼的平靜甜美，卻又虛幻不實的扣人心弦，因為不實在所以更珍惜，一分一秒咀嚼著愛情的滋味，從早到晚，我除了上上網、翻翻書、看看報紙，就是痴痴盼著情人的身影，滑過琉璃七彩的人間，來到我跟前，向我頂禮膜拜，因為我是他的女神，牽動著他每一條敏銳的神經，要賜他悲傷或歡樂，端看我彈指之間變化的喜怒哀樂。

如果那天陽光明媚，從窗台灑滿斗室，我一定心情愉悅，那一朵花兒不愛陽光的親吻呢？我會引吭高歌，翩然起舞，讓體內的細胞一粒粒的從沈睡到甦醒；若是春雨綿綿的陰霾天，那壓住大地的雲層會同時蹂躪著我，讓我的心情跌落谷底，凝望著紛紛垂落的雨簾，一動也不動的坐上一整天。

Arthur處處迎合著、呵護著我，深怕一個閃失我又會突然銷聲匿跡，從他眼前消失。所以只要我高興他就歡喜，我沮喪他就跟著沈默，從不見他流露出一絲不解或不耐，愛情不就是這樣嗎？無聲其實勝有聲，一個眼神一抹微笑，就夠讓人心曠神怡老半天了。只是，這種日子過久了會煩會膩會讓愛情生銹，因為太幸福，幸福永遠不可能長久。

那就緊緊抓住手上的幸福不讓它溜走，從心靈到肉體。第一次和Arthur做愛，就像是向青春告別，我知道我的身體依舊年輕嬌嫩，可是心卻是早熟的小女人了，我該徹底解放我的身體讓它也長大。我站在Arthur面前讓他為我褪盡衣衫，雪白的肌膚在月光下泛著淡藍的光彩，小而結實的胸部挺立著，比維那斯女神更具誘惑力。

Arthur細膩的撩撥著我的每一根神經，慢慢地進入我體內，不敢褻瀆似的溫柔前進著，載著我在情慾的雲端漂浮，挑逗著我潛伏的性愛本能…我呻吟起來，第一次感受到做愛的神奇美妙，難道這就是所謂的高潮？我躺在他胳膊彎裡，看著已經沈睡的他，忍不住輕輕摩挲起他下顎的鬍鬚渣來，靈肉合一的完美境界就當如是吧。

雖然才一個星期，我卻覺得我已經擁有了太多的幸福一世紀，幸福即將離我遠去了…變成我患得患失怕他會消失，我開始經常Call他，問他在幹什麼？問他幾點來？問他帶我去哪裡吃飯？問他為什麼不肯留下來過夜？問他是不是有別的女人對他拋媚眼？

我自以為身心都成熟了，卻仍是愛情的侏儒，短手短腳的蹣跚而行，等著魁梧巨大的他引領我走過慢漫長路，一腳陷入了泥濘卻無法自拔。今天我閒著沒事又一直Call他，說要聽聽他聲音也好…第四通開始就收不到訊號了，他怎麼可以不接我的電話？怎麼可以？我突然掉入莫名的恐懼黑洞中，渾身顫抖不已…

之三十一 包裹糖衣的愛情毒藥

×月×日天晴

Arthur終於出現是三天後的事情，他似乎幾天幾夜沒睡的神色憔悴。我眼睛盯著電視螢幕，手裡剝著美國加州柳橙，沈醉在韓劇的愛恨情仇裡，對坐在身旁的他視若無睹，或許哀莫大於心死，在過去的三天三夜裡，我的靈魂已被絕望剝離了軀殼，就像我手上皮肉分離的柳橙。柳橙該是用刀切的，就像戀愛該是用談的，性愛該是用做的一般天經地義，然而當所有的思維脫離常軌，事情都可以超乎想像。

我先用指甲在渾圓飽滿的柳橙上戳一個洞，然後一片片的將皮剝下，不規則的使力，讓裸露的柳橙肉，難看的凹凸不平……接著我細細的撕下纖維，撕得一絲不苟，直到整個柳橙只剩光滑透明的外膜，甚至看得見緊密依偎的粒粒果肉……最後我再張大嘴巴一咬，咬破那薄如蟬翼的纖維膜，讓柳橙汁四溢，一半流進我嘴裡，一半任其隨意滴落。

很抱歉我必須不厭其煩的描訴這件極其普通的事情，是因為如此幹掉一粒柳橙，帶給我凌遲愛情的快感，在這幾天裡我一共吃了九袋加州柳橙，來打發思念、猜忌、怨恨Arthur的所有時間。美麗的柳橙就像愛情虛幻的外衣，晶瑩的橘彤光彩，常常讓人目眩神迷的給騙了，因為那柳橙的滋味，不，那愛情的滋味，絕非甜美而是如此的酸澀，外表和內容的衝突，就如是裹上糖衣的愛情毒藥，讓人墮落沈淪。

我吃著柳橙，吞噬著愛情的苦果，等待愛情的歸來，等待愛情給一個說法，哪怕是謊言也好。我的愛情，我朝思暮想的人兒，只看見我吃柳橙卻看不見我囤積三天，那柳橙酸汁早已化成了一肚子苦水。他愣忡忡的看著我，什麼也沒說，時間就在我看電視他看我之間溜走，而我手中的柳橙又剝了三粒吃了三粒。

他會說什麼呢？他該如何解釋為什麼這三天不接我電話卻又音訊全無？因為那小白牙生病住院？他必須隨侍在旁？她才是他真正的寶貝；還是他那飆悍的前妻出車禍死了，他必須釐清兩人的遺產歸屬？錢財當然重於愛情；

還是他另結新歡，我只不過是他一時的迷惑和床上的點心？千百種可能和不可能發生的狀況，我全在剝柳橙的時候慢慢的想過了，如今因為繼續剝著柳橙，它們又排山倒海的充塞了我整個腦門。

這些都是原因，那結果呢？我可不能繼續剝柳橙吃柳橙，我胃中的酸水已經溢到咽喉，即將翻滾而出…所有剝柳橙吃柳橙的動作，只是在幫助我思考、咀嚼、反芻愛情的真意，雖然還沒有任何答案，我知道，我必須離開他，離開這瀰漫著一股腐臭酸氣的小屋，否則早晚我會被柳橙噎到陳屍在此，成為一具無名女屍，散發比現在還難聞千百倍的屍臭味，甚至成為一具枯骨，在皮肉消失腐爛後，蕭索地哀悼我的愛情，那致命的愛情。

我們分手吧！他打破沈默，說出了應該是我說的話，可惜我手邊沒水果刀，要不然陳屍於此的絕對是他。我將正剝完皮的柳橙用力捏住，捏碎，如果我捏得碎的話。柳橙鮮黃的汁液從我指縫間溢了出來，像我哭泣的眼淚，帶著無限酸楚，連我的鼻尖也酸了起來…我卻抬頭笑著說：好啊，沒什麼了不起。

這是今晚我第一次正眼瞧他，他兩鬢居然有了幾絲白髮，眼角也多了幾條皺紋。不會吧？在愛情消失的時光中，人也會急速老化？那我呢？我突然虛弱的暈眩起來。

我倒了，負債好幾千萬⋯⋯這是我聽見他說的最後一句話。

之三十二　少了金錢裝飾的愛情

×月×日天晴

越來越炎熱的天氣，讓我心浮氣躁，連該怎麼和Arthur分手都沒法子仔細思量，總而言之，他陪著我在醫院打點滴恢復體力的時候，我知道他再也負擔不了我房租伙食的所有生活開支後，就決定搬出那間曾經是愛的小窩。愛情總是來去匆匆，在生命裡頓個腳，帶來短暫的悸動欣喜，然後一溜煙就跑了，毫不留情。

看著收拾一空的屋子，Arthur摟著我在我耳邊呢喃，臉龐倘佯著離別的哀傷：等我，我會再起來的！我慘澹的笑了下，少了金錢裝飾的愛情，是那麼的無力和蒼白，我怎麼能給他任何承諾？我應該捲起袖子義無反顧的和他打拼？問題是我連自己能做什麼都不知道，跟著他只會成為他的累贅和負擔。

我非無情無義，而是在等待他出現的日子裡元氣大傷，就算最終知了他是身不由己，但是被思念焦慮蠶食的心已經空洞，無血無肉，離開他是唯一的選擇，但是那算分手嗎？形體的分離無關愛情的消失與否，曾經深深的愛過，那刻骨銘心的傷痛，已經融入我身上的每一條細微神經，和我的靈魂共生共滅。

妳要去哪裡？Arthur問著。我能去哪裡？暫時回家是最好的退路。一個流浪的身軀，避風的港灣永遠是家，不論那家是溫暖或冷漠，起碼它可以遮風避雨。就像Arthur有個家，完全屬於自己的家，不論得意或潦倒，親愛的女兒天天開著大門點著燈等著他，一樣是等待，心情卻兩樣，那裡沒有我的立足之地，所以我總等不到，他終歸要回去自己的家。

我拖著兩大箱行李和疲憊的身軀，回到了漁港，回到了那個也應該屬於我的家。媽媽卻看不見我哀愁，只一古腦的向我抱怨，繼父病了，是慢性肝炎，家裡的積蓄快花光了…我掏出房屋解約的押金，也算是Arthur留給我的最後一筆生活費兩萬元，遞給她，她眼裡嘴裡盡是失望：就這麼多？妳在證券行上班的待遇不是很好嗎？不管妳賺多少錢，我從來沒向妳要過，但是現在家裡需要錢，妳不能就只給這麼一點！

現在經濟不景氣，股市難做的很，妳難道不知道嗎？我幾乎哭了起來，我在台北的生活她從來不聞不問，我的寂寞孤獨她從來沒有參與過，雖然不曾向我開口要錢，但我情願她向我需索來證明她重視我的存在。現在她開口了，卻是在最不恰當的時機，和她對繼父的愛比較起來，我似乎只是她生命一長串句子裡不經意出現的逗號，沒有驚喜也不成疑問，就這麼不痛不養的跟隨著、依附著，因為生來是母女。

多麼希望她摟著我、抱著我，說：女兒怎麼這麼久才回來？妳瘦了，是吃了苦頭嗎？媽媽能替妳分擔嗎？沒有沒有，從小到大從來沒有，她從來沒有關心過我，父親的早逝只讓她變成一個冷漠的婦人，她的眼光不曾停留在她唯一的女兒身上，繼父的出現，讓她的心思從我頭上掠過，凝聚在另一個焦點上。

我沒有錢！沒有錢！現在沒有以後沒有！妳不要想我會因此出賣自己，用身體賺錢來養他的病！我脫口而出潛意識的恐慌，因為曾經給她的錢是我在酒廊賺的，那種皮肉錢是羞恥、是折磨，我再也不賺那種錢了，然而，我又怎麼有能力多賺錢？

我跑到港口，在星光下任海風無情訕笑，淚水簌簌而下，我該何去何從？沈默的船桅輕輕搖晃，美麗的月光四處迤邐，我卻找不到自己的影子……

之三十三 冰冷的愛情溫度

×月×日天晴

我找了兩份工作，在失業率創新高的今天，好像很不可思議，其實只是看你要做不做。一份是白天在廣告公司當總機兼櫃台，那是個單調又煩瑣的工作，每天從早到晚接電話，不停的接電話，有訪客來的時候，就說請登記、請留言、請等一下……一份完全不用大腦的工作，閒淡又無趣，當公司所有的人還在忙得人仰馬翻的時候，我卻是唯一可以打包下班的人，然而這份工作卻讓我覺得安定又有尊嚴，起碼我也是個待在最頂尖行業裡的白領階級，走起路來背脊可以挺得筆直。

另外一份是晚上到KTV打工做服務生，每天廣告公司準時五點半下班後，我就趕到附近的KTV上晚班，換上制服端起餐飲碗盤，穿梭在一間又一間密閉的小包廂裡，音樂震耳欲聾煙霧瀰漫薰眼，一群群人們來來去去，用金錢交換時間和歡樂，對著一台台冰冷的電視螢幕跟隨伴唱帶引吭高歌，以音響捏造出來的虛假美音自欺欺人，肆意發洩無處宣洩的精力和鬱悶的情緒。唱吧，盡情的唱吧，因此會少了許多憂鬱症的患者也說不定。

我答應媽媽，每個月匯兩萬元給她，所以我必須有兩份工作，用自己最基本的體力換取錢財，我的夢想已被現實消耗殆盡，汲汲營營只求溫飽和滿足媽媽的慾望需索。看見繼父攤在床上孱弱的身體空洞的眼神，是我於心不忍的原因，我恨他奪走了母親的愛，可是面對一個行將就木的老人，他對我的威脅似乎變成了床頭成堆的那些藥罐，毫無意義。

雖然我曾經想過找老大，只要一句話他就可以幫忙我解決錢的問題，只是我不想再和他有任何瓜葛，重蹈身為老大女人的悲哀處境。上班以前我去找過Arthur，隔街望著他家的窗户，只見燈光不見人影，從天黑到黎明…天涯咫尺，我貼著冰冷的電線桿覺得和他好親近，又好遙遠，直到清晨燥熱的溫度升起，讓我對愛情再度失去信心，我才離去。

我在廣告公司的主管是一個典型的雅痞男人Peter，話不多，經過櫃台前總是微笑的看看我，說：早。或是：還沒吃飯？面試的時候，他也是如此微笑的看著我，不知道他心裡到底在想什麼？還好最後他說；過兩天就來上班吧！他是個帥氣的男人，乾乾淨淨不染塵埃似的，好像電視廣告裡剛用男性專用沐浴乳洗過澡的樣子，身上總有一股肥皂的清香。廣告公司要酷要帥的男人很多，我也不覺得他特別，倒是經常看到各部門的女生，對他發嗲撒嬌，那是意圖明顯的挑逗，對我來說卻是雕蟲小技，在酒廊看多了酒女為了爭奪客人使盡渾身解數的媚態，這些都像隔靴搔癢，或許廣告公司用人文包裝著人類最原始的慾望吧。

KTV的小老闆小董，除了面試當天我不曾再見到他，在那種地方誰也看不見誰，每個人看見的只有哪間包廂的服務鈴紅燈亮了起來，還有手上的菜單有沒有送錯地方。早出晚歸讓我的身體積極的活著，活得忙碌又空虛，租來的小房間，用到的只有那張木板床，為五斗米折腰的現實，幻想便成了唯一的希望，白天我想著或許會有機會學習做廣告成為拉風的廣告人，晚上我想著在KTV會遇見李傑、Arthur甚至老大，但是他們都沒出現，一天晚上卻來了個我最不想遇見的人…

之三十四　被強暴的木乃伊

×月×日天晴

那天，我見到的人是麗珠，那個曾經傷害過我的好朋友，喔，或者應該說是曾經彼此傷害的好朋友，她讓我認識了Arthur，卻怨我、怪我搶走了Arthur，讓我覺得對她有所虧欠卻又愛得理直氣壯，因為愛從來就是一種選擇，是Arthur選擇了我，我何其無辜？但我和她的友誼因而割裂，再也回不去從前。

麗珠看到我先是一愣，隨即又露出她那天使般的燦爛笑容，無邪的說：原來妳在KTV當小妹啊？真是越混越回頭了！我若無其事的笑笑，把她當一般客人，認份做著我該做的一切工作，服務她和一起來的一女二男三個朋友。麗珠卻不放過我，頻頻按服務鈴，一會兒要我送酒，一會兒要我端茶……我知道她是故意折騰我，但又能奈何？

當我第八次進去送酒的時候，帶著幾分酒意的麗珠突然叫住我，要我和他們一起唱歌，我斷然拒絕，掉頭就走，她卻一個横身把門擋住，朝著我大聲叫囂：妳以為妳是誰？妳憑什麼搶走Arthur？妳吃我的、用我的、住我的、還偷走我心愛的男人！麗珠的咆哮被震耳欲聾的音響聲淹沒大半，我只看見她眼裡冒出忿恨的火花和扭曲變形的唇，一旁她朋友們譏諷訕笑的神情隨著樂曲音符，像一陣亂箭刺得我渾身滴血⋯

我害怕的顫抖起來，不是因為心虛，而是在昏暗的燈光下，陰森鬼魅的氣氛潛藏著不懷好意的危機，我的直覺告訴我，我必須趕緊奪門而出，否則在酒精的發酵膨脹下，不知會發生什麼事情⋯我想推開麗珠，卻反而被她摺倒在地，冷眼看著我狂笑：早就看妳那副自命清高又自以為是聖女貞德的樣子就噁心，今天算妳倒楣自投羅網，我怎麼可以輕易放過妳？説完便撲上來大力撕扯我的衣襟，一整排鈕扣立刻紛紛蹦跳落地，我的乳房彈跳出來。

一向不喜歡穿胸罩的我，突然後悔起來，趕緊用雙手護胸同時扯開嗓門喊救命，當然我的呼叫是完全失去作用的，在另名女子震天價響的麥克風歌聲中軟弱無力的消失於空氣中。妳再喊？鬼也聽不到的！沒錯，這間包廂剛好在最角落。麗珠騎在我身上開始拼命抽我耳光，眼前一陣金星亂冒，就在我腦袋一片空白之際，換成一名男子騎在我身上了，雙手開始搓揉我的乳房…我拼命掙扎扭動身軀，卻引得他獸性大發，乾脆低下頭來舔咬我的乳頭…

另一名男子湊了上來，從我頭頂壓住我雙臂，讓我的胸部毫無遮攔的暴露著，壓在身上的男子發出浪蕩淫笑，一隻手玩弄著我的乳房，另一隻手扯掉了我的裙釦…天哪，我知道我就要被強暴了，甚至輪暴…我不甘心，我怎麼能因此而被玷污？我為什麼要為愛情付出如此巨大的代價？我狂吼哭泣祈求他們放過我，嘴巴卻立刻被麗珠掩住，她趴在地上得意的看著我，那陽光般的笑容依舊，眼裡仇恨的火花雀躍的跳動著。

包廂外頭的人當然聽不見我無聲的哭泣和吶喊，男人扯下了我的小內褲，將他那齷齪骯髒卻慾火飽漲的堅挺陽具插入了我的陰道，開始抽送，我的心也同時被撕裂了，眼淚一顆顆絕望的滾落腮旁，形同一具早已腐朽靈魂死去的木乃伊任憑處置…幾乎過了一個世紀那麼久，當第二個男人壓在我身上的時候，房門終於打開，同事那張驚愕錯亂的臉是我最後的記憶…

之三十五

行屍走肉的悲哀

×月×日天晴

那天包廂門被打開後，傷痛欲絕的我在短暫的昏眩中，聽到外頭衝進來了幾個男服務生，對著那兩頭豬拳打腳踢，麗珠和那名女子在一旁嘶聲尖叫著，我被兩名同事架出去，包廂的門從背後立刻關了起來，所有撕打哀號的聲音全然消失，我彷彿進入一個無聲的世界，漂浮在虛無的太空裡，連雙腳都無法著力。

我被扶到到小老闆小董的辦公室。送我去醫院、送我去醫院！我心裡哀號著，嘴理卻發不出半點聲音，脆弱虛脫的倒在小董那鬆軟的進口大沙發上流淚。從沒有想過我會歷經人世間最殘酷的命運，成為一個被暴力性侵害、被陌生男子強暴的不幸女人，從前看社會新聞相關報導總覺得事不關己，從沒想過有一天也會身歷其境跌入萬劫不復的深淵…那裡黯淡黝黑沒有一絲光線，盡是揮之不去的鬼影幢幢，妖魔鬼魅張著猙獰的嘴臉從四面八方湧來當頭罩下，重重疊疊的像一個個緊箍咒般的纏身，讓我痛不欲生。

腦中分明是空白一片的沒有記憶，肉體的痛楚卻提醒我：是的，妳已經不再是昨天的妳，妳的身體從此不再潔淨，因為已被玷汙。但是我的神智卻是冷靜的，沒多久，小董現身，尷尬的乾笑了兩聲，便單刀直入的要我絕對不能宣揚不要報警，這對公司的聲譽會有重大影響，生意一定會一落千丈，他說他可以私下給我十萬元安撫金。蓬頭垢面衣衫凌亂的我，裹著一條大毛巾坐在他面前，好像在聽著外星人說話，一句都聽不懂。我毫無表情的表情，讓他手足無措，瞅著我半响，他又開口了：嫌太少？那再加十萬？

這是他家族企業開的小型KTV，才正開始起步，他認真打理裡外業務，一切對他來說都太重要了。但是和一個女孩一生的清白比較起來，我突然覺得他根本和麗珠他們是一丘之貉，一樣是戴著面具的禽獸，一樣醜陋無恥，雖然他侵害我的方法文明些，更可惡的是他說他放麗珠他們四個人走了。為什麼？你憑什麼放他們走？我情緒這才爆發，跳起來瘋狂的搥打小董，管他是誰？如今他也只不過是另一個加害者。他一把抓住我手腕狠狠地摞下了句：妳不要敬酒不吃吃罰酒！先回去休息再說！

我行屍走肉的被公司派車送回住處，同事看著我躺在床上閉上眼睛後才放心的離去。他們一走，我隨即睜開眼望著，微明的天色是黑暗籠照著的大地，朝陽在雲端露出的曙光也如萬箭齊射刺痛了我的雙眼。如果我能拿把利刃將他們一個個都刺死多好？我突然跳起來走到離家最近的派出所報案，做了筆錄女警帶我去醫院驗傷，前後折騰了三個小時，我才再被送回家。從頭到尾我都沒掉一滴眼淚，仇恨的火花在我心中如烈火般的熊熊燃燒著，我發誓，我絕對不會輕易放過他們每一個人！

回到家，我立刻跳進浴缸，拼命用滾燙的熱水沖洗我的私處、用肥皂和刷子洗刷我全身的每一根汗毛，我要洗淨沾滿穢物的身體，但是心理呢？心理的創傷如何彌補？心理的汙垢如何洗刷？我不知道，也還沒有力氣去想，眼前只能全心全意的洗淨那兩個王八蛋、下三爛、以後一定會絕子絕孫的魔鬼，留在我身上的所有唾液和殘留體內的精液。我還是沒掉下一滴眼淚，因為錯不再我，我既不該悔恨更不該懺悔，那為什麼要哭？

之三十六　恐怖的復仇計畫

×月×日天晴

前兩天刮颱風，隔著門窗聆聽那疾風驟雨聲，來得快去地更快，我知道那只是無啥大礙的虛驚一場，但我的形體卻如遭遇強烈颱風侵襲過後般的支離破碎。我的面容枯槁、神色憔悴、肉體癱瘓，而全身細胞在遭受性侵害後的幾天來，於一連串驚駭、悲痛、憤怒與提心吊膽的心境糾葛摧殘下，早已死傷慘重。是的，現在的我如驚弓之鳥，寢食難安。

小董嚴重警告我不得報警，那在警察找上門後他會如何憤怒的伺機報復我？麗珠和她朋友逃竄後，在警方開始追緝之時，他們會想辦法躲在暗處堵我致我於死地嗎？辦案警員叫我手機要二十四小時隨時開機隨時候傳，還說要請婦女防暴協會的專家替我做心理輔導…這些紛紛擾擾都不是我在報案之前所能設想到的。

雖然報警的時候，幫忙偵訊做筆錄的女警一直誇獎我很有打擊魔鬼的勇氣，她說通常遭受性侵害的女人因為怕丟人現眼，將最私密的傷痛暴露在陽光下讓人檢視，都不敢也不願意報案，所以很多強暴累犯更是食髓知味的為所欲為……我說：我相信他們不是累犯，只是酒後亂性。女警不敢相信的睜大了眼：他們是妳朋友嗎？妳還幫他們說話？既然如此妳告他們幹嗎？性侵害防治條例修正後，任何性騷擾和強暴案都是非告訴乃論，不能民事和解也不能撤銷，只要罪證確鑿，他們一定要被判刑的……

他們是我朋友嗎？當然不是，麗珠是我朋友嗎？曾經是的，而且還是青梅竹馬的閨中密友，只是盲目的妒忌讓她失去人性，在酒精的作祟下化身成青面獠牙的猙獰惡魔，拿著尖銳長戟慢慢刺穿我的軀體和靈魂，讓我鮮血四濺生不如死……女人何苦為難女人？而傷害我的女人竟然是麗珠，男人只不過是被她利用的武器罷了……我思緒翻滾的幾乎讓腦袋瓜子當場爆裂，望著女警那清澈好奇的眼神，所有的是非恩怨如鯁在喉卻吐不出來，終於苦笑一下淡然說著：我只想為自己的身體討回公道，而他們必須為此付出代價。

現在我攤在床上五體離散，頭和四肢已分離，如一個被上帝玩膩後拆卸的舊玩偶，完全喪失了整合的形體，我絞盡腦汁似乎還是無法將自己拼湊完成，恢復原狀…突然，我又將失業了？這個念頭一閃，霎時嚇得我渾身冰冷，就算躺著不吃不喝，這房裡的水電冷氣都是錢。我立刻掙扎起來打電話去廣告公司請了一星期病假，Peter二話不說的滿口答應還叫我一定要好好休息…隨後我關上手機和電話，鎖上門窗拉上窗簾，任由身體渙散蜷曲在黑暗裡，集中腦力祕密構思著我的復仇計畫。

計畫之一：我去找老大，叫他請兄弟去把小董的店給砸了，然後把麗珠從她家拖出來，蒙面輪暴她，讓她也嚐嚐這痛不欲生的悲哀滋味。計畫之二：我去找Arthur，向他哭訴麗珠的醜惡行徑，要他唾棄麗珠一輩子。讓她的最愛重回我的懷抱，該是對麗珠最殘酷的心理報復吧。計畫之三：若無其事的重新開始，不擇手段的追求名利，變成最閃亮的一顆星，成功就是最好的報復，我要笑著面對那些傷害我的人。

這三個計畫是取其一還是三管齊下？還是…去找李傑，求他原諒我的無情求他再愛我一次，求他帶我到天涯海角就算餐風露宿也不悔，然後把所有的痛苦仇恨都忘記？

之三十七　一部上緊發條的機器

×月×日天晴

我的復仇計畫只存在於渙散的幻想之中，在憤怒怨恨的情緒淹沒了我整個人之時，它們才會浮現，尤其在黑暗裡。我常看見麗珠哭倒在地上向我懺悔，求我一定要原諒她，她不是故意的，她是喝醉了失去良心與理智，而那兩個面貌模糊的男人化身兩頭巨鷹在我們頭上盤旋，還不時發出森冷低嗥，伺機啃食我們自相殘殺形同死亡的骨肉⋯⋯

我的眼淚簌簌的流了滿臉，為什麼是我？為什麼？我用力拍著水泥牆，直到手掌滲出血絲⋯⋯事情發生以來第一次情緒崩潰的我，跑進廚房找出一把水果刀，衝動的就想割腕自殺，偏偏那刀鋒已鈍，用力劃了兩下也枉然，我將刀子一丟倒在床上失聲痛哭起來。

跳樓、跳河、燒木炭、吞安眠藥⋯⋯都是我可以選擇的其他自殺方法，但是我不甘心就如此死去啊，就算我的靈魂腐朽枯竭，我的肉體卻依舊年輕姣好，誰又知道曾經在我身上發生的殘酷惡運？如果死不了又真不想死，那好好活著是否就是最好的報復？

在床上躺了幾天，我回到廣告公司上班，假裝若無其事的不曾發生過任何事情，微笑的接電話、記留話單⋯日子如果就這麼單調的過下去，沒有情沒有愛，沒有任何知覺的感應，就算是最好的狀態吧。我將自己用一層透明的保鮮膜層層包裹起來，和人的世界保持距離，變成一部接電話的機器，準時上緊發條拼命消耗能量，除了上洗手間不曾離開座位一步。

Peter似乎感覺到哪裡不對勁，他刻意來到櫃台前，關心的瞅著我：生了一場病好像發生了什麼事？我笑笑，什麼也沒說，繼續接著那絡繹不絕此起彼落的電話。所有聒噪的電話鈴聲，在在提醒我：是的，我還活著。他沒再說什麼，轉身進了辦公室。

那天下班的時候，我照例在騎樓下等公車，一部休旅車嘎然一聲，在我面前停下。回家？Peter側身探出頭微笑的問。我點點頭。我知道妳住哪兒，送妳回去。不管我答不答應，他打開車門等著我上車，我站著不動和他僵持著，一部公車從後方遠遠駛來，對著休旅車猛按喇叭，所有等待上車的乘客立刻瞪著我和他。

妳不上車我不走。他不動如山的說著，眼看公車卯足了勁衝了過來，我只好屈服上了車。車子風馳電掣的在擁擠的下班車潮中飆了起來，真不知他是怎麼辦到的？溼熱的空氣混雜著汽機車排氣管冒出的污煙，我不禁心浮氣躁起來：你憑什麼強迫我上車？火爆的聲調，反而引來他哈哈大笑：妳終於開口說話了？

有什麼好笑？你為什麼不關窗開冷氣？我沒好氣的。壞了！他像個頑皮小男孩惡作劇得逞般的做了個鬼臉。他沒有那雅痞外表應有的矜持造作，不像那些自詡為高等動物的廣告人，一個個如隨時展著尾巴炫耀的七彩孔雀，乍看讓人驚艷不已看久了就一定厭煩，尤其嘴裡不時要冒出幾句英文，來彰顯所謂的程度或國際觀。

不過這和我有什麼關係呢？我只是隻隔岸遠觀的小斑鳩，毫不起眼的做著最基本的行政工作。妳不要以為妳做的事沒什麼了不起，妳是公司的門面和第一線。他似乎會讀心術似的冒出這句話，嚇了我一跳，我轉頭看他，他專注的開著車，側臉的線條在黑夜裡看不見表情，模糊又遙遠…

突然我的手機響了，是警察局打來的，告訴我已經將麗珠他們緝捕到案，要我去警局指認…我的臉色霎時慘白。發生了什麼事？Peter問。

之三十八　被魔鬼烙印的惡女

×月×日天晴

我當然不會告訴Peter發生了什麼事，只是我不再開口，炙熱的大地空間霎時變成急凍室，我渾身冰冷顫抖起來，我簡直不敢想像，明天在面對那群禽獸的時候會是什麼景況？或許我該暗藏一把匕首將他們個個碎屍萬段，只有那腥羶刺鼻的鮮血成河，才得以將我滿腔的怨恨和身體的污穢洗滌一清吧！

Peter不知什麼時候將車開上了陽明山，在一處隱密的山崖前停了下來，夜色朦朧中，萬家燈火逐一點起，像極了一顆顆窺伺我祕密的閃爍小眼睛。我知道妳心情不好，帶妳來坐坐，等一下就送妳回家。接著他不再說話，靜靜的陪著我，幽暗的寂靜中，彷彿只聽到他和我此起彼落微弱的心跳聲。

月亮升起，光華滿地，讓黑暗少了恐懼，人性多了幾分光彩，Peter無言的陪伴，孤獨寂寞暫時出走，自卑猥瑣暫時遁形，我依舊是一個讓人尊重和愛憐的女子。山上的夢幻世界如此美好，只是，下山後，現實回到身邊，所有的不堪原形畢露，我又該何去何從？

害怕在子夜以前魔法消失，我說：我要回家了，謝謝你。Peter的濃眉大眼一挑，促狹的說：怕公主變成灰姑娘？馬車變成南瓜？放心，就算過了十二點，我的休旅車也不會變成三輪車的！我突然驚恐起來，這個奇異的男子，為什麼總是能看穿我的心思？難倒這就是所謂的心有靈犀一點通？

不、不，千萬不要，我不配！我忽然失控的尖叫狂奔起來，在崎嶇的山路間蹣跚前進，身後傳來急促的腳步聲，我知道Peter緊追不捨著。月光下我的身影驟然拉長，隨著轉彎轉換方向又忽而縮短，一如張牙舞爪的女巫，在黑暗中肆意漫舞，挑動著我身上每一根細膩敏感的神經，讓我更是驚慌失措。薔薇，小心有蛇！Peter見我瘋狂的在山間小路奔竄，終於打破沈默的追逐，高聲喝止。

我一聽嚇得腳跟一軟撲倒在地，膝蓋和手掌立刻傳來一片火辣的灼燒，我受傷了，從心到肉體，還著實傷得不輕。Peter奔上前來扶起我，握住我滲出血絲的手掌：要緊嗎？快，我送妳去醫院包紮！都是我不好，不該帶妳來這種鬼地方！我用力抽回我的手，弓起雙腿抱著腳，將身體蜷曲起來，一如回到母親子宮的胎兒狀態。

如果生命能再重頭來一次，那我希望永遠倘佯在溫暖黏稠的羊水中，靠著和母親肚臍連結的臍帶生存就好，應該是像一種活在太空艙裡的無重量生命狀態吧，與世隔絕，卻又可以無微不至的被呵護被養育，遠離憂愁傷害。薔薇，妳怎麼了？Peter緊緊地用手臂圈住我，心跳貼著我的耳朵，噗通噗通的呼喚著我那頹廢的靈魂和萎縮的軀殼。我哽咽的無法說明為什麼會如此狼狽？我知道，我都明白，從看到妳的第一眼開始，我就曉得，妳對我是那麼熟悉，那麼貼近，那麼的不可抗拒…就連妳臉上的胎記我都看得清清楚楚，一切好像是前世的記憶…

胎記？我居然差點忘了我臉頰上的那塊胎記，難道那是魔鬼的烙印？同時註定我一生的不幸？於是，我用冷漠回應他的熱情：你不知道！你不明白！我是被魔鬼烙印的惡女，是被詛咒過的惡靈，我會帶給你厄運和災難的！離我遠一點，請離我遠一點！

我掙扎的跳起來，拿起鞋子赤著腳繼續狂奔，將自己沒入黑暗，被魔鬼吞噬，再回到母體的子宮裡，求它千萬不要讓我誕生⋯

之三十九　一再撕裂的傷口

×月×日天晴

隔天，我若無其事的上班，專心的接電話，看見Peter的時候，也如往常般禮貌的微笑示意，好像什麼事都不曾發生過，昨天似乎也從來不存在。當然，他看我的表情是怪異的，欲言又止的站在我面前躊躇了半天，我抬頭看著他：有事嗎？他一愣，隨即聳聳肩走了進去，一陣淡淡的肥皂香留在空氣中，久久不散。

下午我提早下班，趕到警察局指認麗珠他們三個人，我以為是面對面的尷尬場面，結果卻被帶到一個小房間，隔著一層玻璃，就像在電影或電視影集裡看到的那種雙面玻璃，我看得到他們，他們卻看不見我。麗珠和那兩個男人正在接受一位警官的偵訊，他們的對話透過隱藏式麥克風讓我可以清晰的聽見。

我們都喝醉了…麗珠說，兩個男人點著頭附和著。麗珠神色憔悴，那經常展露著燦爛笑容的面頰，如今烏雲密佈，蒼白的看不見一絲陽光。這些日子來，她應該是飽受良心折磨了吧？兩個男子，那用暴力侵入我身體的兩個陌生男子，如今我清清楚楚的看著他們的容貌，一個消瘦的有著一張刻薄的倒三角臉，另一個卻又是胖的腦滿腸肥的蠢樣，看了就噁心到極點…是的，就是他們！我語氣堅定的說著。

你們有什麼證據證明我們強暴了她呢？瘦子咆哮起來，面孔醜陋扭曲的做著垂死掙扎。我們有她體內殘留的精液篩檢證明…警官冷靜的看著他們。你們怎麼不了解現況就亂抓人？這會是胖子憤怒的一拍桌子。是她勾引我們的，她一進那KTV包廂就不停的挑逗我們！胖子睜眼說瞎話，或許是他們早想好的串供之詞。

警官看著麗珠：被害人說和妳是青梅竹馬的好朋友，妳應該比誰都了解她？麗珠愣了半晌，最後慢慢的吐出了幾句讓人難以置信的話：沒錯，我是非常了解她，她很風騷，我好心請她去我的Pub上班，她居然勾引我的男人，還到處勾搭客人…那天，真的是她說在KTV上班很無聊，想和我們瘋狂一下的…

不是這樣的！不是這樣的！妳說謊！你們都在說謊！我激動的衝上前去拍打玻璃，身邊警察立刻過來拉住我：妳不要白費力氣，他們根本聽不到。那讓我和他們對質！我掙扎著要衝出去，突然我的心跳加速，一股熱氣衝上腦門，昏眩了過去。

短暫的昏眩來自巨大的突發性衝擊，這是經常發生的現象。我醒過來以後，警察說著，眼裡盡是體諒和憐憫，我卻不可遏止的痛哭起來，幾天以來壓抑的傷痛，如山洪爆發不可收拾…沒有人會輕易認罪的，不過妳放心，證據確鑿，他們將立刻被移送法辦，只是到時候出庭作證，妳要有心理準備，雖然法律避免受暴婦女受到二度傷害，已經有了隔離偵訊的措施，還是難免會撕裂妳的傷口…他耐心安撫著。

回到家，我抱著我鮮血淋漓的傷口，坐在黑暗裡直到天明，我知道面對接下來一連串的偵訊，它必須不斷的被撕裂再縫合、再撕裂再縫合……我突然覺得筋疲力盡，覺得自己是傻子，如果當初不報警不都沒事了嗎？更何況我必須單打獨鬥，沒有任何人可以求助、可以依賴，天哪，我何必和自己過不去？我何必自陷於絕境？

今天，我打起精神紅腫著一雙眼、戴著墨鏡照樣上班，只說得了角膜炎。Peter進公司不久就找我進辦公室：我們有一支廣告影片，找不到適合的女主角，公關公司推薦妳……

之四十

愛情的魔法師

×月×日天晴

怎麼可能公關公司推薦我？今天在隨著Peter進入會議室的時候，我的滿腹狐疑有了答案，因為赫然在座的公關公司副理居然是李傑。隔著圍坐著一圈人的會議桌，李傑那淡褐色的眸子恍惚走過千山萬水，疲憊的終於找到了落腳處，膠著在我臉上不再移開。他是什麼時候來的？甚至他來過幾次？我真的一點印象都沒有。

我渾身滲著冷汗，兩手撐住桌沿，是緊張也是逃避的最佳姿勢，沒想到曾經失魂落魄的他，一個轉身居然位居高位到可以扭轉我的命運。他非昨日之他而我亦非昨日之我，曾經以睥睨的高傲姿態離開他的我，而今又將以何種面貌相對？低賤卑微還是一如往常？

我淡然的牽動了嘴角，算是打了招呼。他依舊盯著我，嘴裡向客户簡報著：她坐在門口，我第一眼看到她就知道，她那乾淨孤僻不食人間煙火的味道，和廣告公司設定的目標對象有著相符的氣質，由她來飾演腳本裡這位在沙漠裡孤獨流浪的女人，應該很適合⋯⋯一屋子的人開始對我品頭論足起來⋯⋯

大鬍子導演將腳本遞到我手上。妳的意見呢？妳有信心飾演這個角色嗎？他冷峻的眼光從上到下打量我，同時所有人的目光像一盞盞探照燈似的解構著我。我吸了一口氣，讓自己雙手不再顫抖的拿起腳本瀏覽起來。那是一個女人，在沙漠中孤獨的行走，朝烈日當空的海市蜃樓前進，她渴得幾乎昏眩，在蹣跚倒地之前，沙漠冒出了冷泉水，一種新的天然山泉水。簡單。我說，抬起漂亮的眼睛、露出雪白的貝齒和最美麗的微笑，希望他們略過我臉上被粉遮蓋的胎記。我知道機會稍縱即逝，就像在千萬個人頭移動的西門町被星探發現一樣渺茫的機會，如今就在我眼前，我怎能輕易放過？四周的安靜騷動起來，七嘴八舌的討論聲此起彼落，我看見李傑大大鬆了一口氣的身子往後傾去，啜了一口咖啡。

有人拿起數位相機，從我各種不同的角度，連續拍攝起來，隨後相機在每個人手中傳閱，一旁的Peter咬著筆桿若有所思，看不出一絲興奮或喜悅的神情，他看看我再看看李傑，似乎想找出蛛絲馬跡，然而，我和李傑，完全像兩個從來不相識的陌生人，視線不再交錯，從頭到尾連話也沒說過一句。

恭喜妳！拿到了這個角色。所有的人陸續走到我面前一一和我握手，一切不真實的像個夢境，我身穿彩衣頭戴花冠，在雲間翩翩起舞，快樂似霞光萬丈遮住了視野，我根本看不清來到眼前的每一張面孔，除了李傑。他沒有握我的手，只是遞上一張名片：謝謝妳沒讓我出糗，好好加油！會議結束人去樓空，Peter看著我，似笑非笑的說：希望妳不要辭職喔。

晚上，我拿著腳本試著揣摩劇中人的心境，假想自己在沙漠裡即將面臨酷熱致死的搏鬥…卻隨即發現，這其實真的很簡單，就像這陣子面臨的瀕死邊緣，絕望窒息痛苦的生不如死，根本不需模擬就已經在狀況中，我只要在影片中扮演自己就可以輕而易舉的完成任務。只是，能救我一命的冷泉水呢？是李傑還是Peter?

我拿起李傑的名片，用食指來回輕輕撫摸著他的名字，因為上光而微凸的線條，透過指尖傳來他炙熱的體溫，我的第一個男人，又回到了我身邊，命運的魔術師總是頑皮的變著魔法，消失、出現、再消失、再出現……讓人還原讓人重逢，然而愛的重量卻一再流失……如果我不曾愛他如今又如何再愛他？

之四十一　在肉體的極樂中死去

×月×日天晴

我戴著耳機聽著孫燕姿的「綠光」，輕巧的旋律、空靈的歌詞，牽動著我每一根敏感的神經：期待著一個幸運和一個衝擊，多麼奇妙的際遇，翻越過前面山頂和層層白雲，綠光在那裡…觸電般不可思議像一個奇蹟，劃過我的生命裡，不同於任何意義，你就是綠光，如此的唯一…CD小手冊備註寫著：人一生中看到一道綠光，趕快許願，什麼願望都會實現。在跌落深邃谷底的時候，我看見了一道綠光，還來不及許願，上帝就讓它實現了。

綠光是李傑，如此的唯一，不論如何他總是我生命中的第一個男人。我拿起電話撥了他的手機…半個小時後，來到了他新的住家，是一棟全新的公寓，看起來他過得比以前好多了。門一開，我們彼此凝視著，時間似乎不曾存在流失的歲月裡，他的眼光依舊炙熱如火，將我臉頰燙得發燒。

謝謝你。我低下頭，不敢看他，是心虛也是愧疚。愛從來不能勉強，我應該從一開始就愛他，從第一眼窺伺他的身體開始，我就應該屬於他，偏偏造化弄人，我愛上了別人，雖然把第一次給了他卻又離開了他。我不是楊花水性的女人，也非情場浪女，只是忠於自己的感覺，愛上了一個不該愛的男人，Arthur，以致招惹了麗珠，帶來毀滅性的後果只是上帝給了我最嚴厲的處罰。

愛情的步伐總也趕不上命運的捉弄，推我入無底深淵的是我愛的，如今救我脱離苦海的居然是我不愛的，難道當初我真錯愛了？説是不愛，其實是因為輕蔑他的失意潦倒而背叛了愛。我的現實勢利得到了現世報，那今天就是來特地來懺悔贖罪的，可我也不會因此而從頭愛他一遍，否則那忠於自己的感覺將成為最大的悲哀。

我一直在找妳，我知道我一定找得到妳！李傑呢喃著一把將我緊緊的擁入懷裡，緊得幾乎讓我窒息而死。他溼熱的雙唇，含著數不清的思念激情，饑渴的在我眼睛鼻子嘴唇耳背頸項間，來回輕咬吸吮舔噬⋯我呻吟起來，一種生理本能的反應讓我意亂情迷，他身上熟悉的男人味道排山倒海而來，回到從前將我徹底淹沒。

讓我死吧！讓我死吧！身體激烈的回應著，慾望填滿了我每一寸肌膚，混雜著是興奮、是喜悅、是遺忘、是墮落、是昇華、是超越…各種莫名的情緒，讓我喘息得更大聲，呻吟得更激昂，像一頭發情的狂亂野豹，我張開利齒撕咬著他赤裸的胸肌，伸出利爪撕扯他結實的背脊，以最原始放縱的姿態要將自己毀滅…如果能在如此智能渾沌、肉體極樂中死去，也是一種徹底解脫吧？

就在李傑亢奮的即將要進入我身體的一霎那，陰暗的室內光影將他的軀體轉換成惡魔的化身。一樣是男人醜陋的軀體啊…不，不，你滾開不要碰我…我歇斯底里的尖叫起來用力踢開他，隨即整個身體蜷曲萎縮成一團，淚水似泉湧般的傾瀉而出，我哽咽著啜泣不已，曾經被輪暴的醜陋陰影，將我團團纏住動彈不得，到現在我才明白，我的靈魂和身體從那一刻起早已失去了自由。

妳怎麼了？李傑坐起身子駭然的注視著我，我能說什麼？哭泣是唯一的發洩，在一個曾經深深愛過我的人面前盡情哭泣，居然有救贖的快感。他不再說話，拿起衣服替我披上，點起了一根煙，煙霧裊裊中，淚眼模糊的我，更看不清他的表情，或許他根本沒有表情。時間不可能倒轉，愛也不可能從來，曾經徹底失去的，就算失而復得又能證明什麼？忘了我吧。我平靜的告訴他，穿上了衣服。

之四十二 久別重逢的悲傷

×月×日天晴

我的第一支廣告影片很快的開拍了，五層樓高的大片廠裡搭起了一望無際的沙漠景片，我穿著白紗長袍，在導演的指令下一遍又一遍的來回在褐黃色的沙堆裡蹣跚進退…片廠恍如烈日當空的幾萬瓦燈光投射在身上，讓我炙熱難當汗水淋漓，沒多久就自然的呈現了饑渴難耐的神情，根本毋需指導，我就已經完全心領神會。

一群人站在光明背面的黑暗裡，目不轉睛的盯著瞧，我不得不咬緊牙儘量讓表情和肢體充滿戲劇張力…直到導演喊Cut！燈光消失人影浮現，我這才看到了李傑和Peter他們兩人，李傑和公司業務部、創意部總監一起陪著客户坐在折椅上，Peter一旁站著皺眉深思，看來他是以我主管的身份來跟拍。

回到化妝室休息，一整排化妝鏡前只有一張上了粧、看起來完美無瑕的臉蛋，胎記被遮蓋、五官被強化，我被自己所誘惑，伸手輕撫起鏡面，沒想到人經過修飾的容顏可以如此虛幻不實，為產品販賣一個美麗的夢。不知何時Peter端了杯冰水過來，體貼的看著我一口氣喝光，李傑跟著進來，閃爍的複雜眼神來回在Peter和我身上穿梭，讓我芒刺在背般的如坐針氈，只好裝得若無其事翻閱腳本，希望時間快點流逝。

因為我NG沒幾次的表現良好，大家提早收工，製片公司老闆樂得嘴都笑歪了，直說我是不可多得的奇葩，請我過兩天到他們公司拍宣傳照，要將我當成重點新人栽培。我幸運嗎？從來沒想過能成為廣告明星，三萬塊錢的演員費卻進了口袋，相當於我一個月接上千通電話的薪資，可惜心裡卻沒有一絲喜悅。如果這幸運提早來到我的心境當然迥異，它卻來晚了，不過換一個角度來看，或許我沒有受暴在先，這好運也不會降臨，上帝只是用它的方法，還了我一個公道。

婉拒了任何人要送我的好意，獨自轉搭捷運回家，在窗外光影流動的車廂裡，我像一條漂流的魚，張著鰭擺著尾，身不由己的隨著快速滑行前進的節奏隨波逐流，美景當前理當雀躍高歌，可我情願化身為溯溪而上的櫻花鉤吻鮭，稀有珍貴，只為了回家、只為了找到生命的原點，不惜搏命演出，就算被亂石凌遲也要死得悲壯淒美。為什麼人生總是充滿了無處不在的矛盾？

下車走到巷口的時候，手機響了，一接起來是警局打來的，說麗珠他們找了一位協調人要請我撤銷民事訴訟，他想和我見面談一談，不知道我願不願意？我心頭一震卻毫不猶豫的答應了，無懼面對撕爛的傷口再流血化膿的傷痛，只因為那個人是Arthur。我想在他身上尋找答案，一個可能無解的生命答案。約在我們相識的咖啡屋，我第一次打工的咖啡屋，景色依舊卻人事全非，連店名都改成了「PaRaPaRa」，震耳欲聾的電子音樂剛好讓我和Arthur不必多說話。我望著他不帶感情的望著他，少了愛戀和怨恨，往事似乎已隨風消逝。

我很抱歉，因為我所以麗珠傷害了妳，因此我願意出面解決，我可以賠妳錢，只要妳開口多少我都付得起，這陣子我代理了一套網路遊戲軟體賺了不少錢……Arthur從見面就一直不敢正視我，只能張大了嘴大聲對空氣吼著。

為什麼？為什麼？只告訴我為什麼就好。我懶得開口將字寫在紙巾上遞過去，他接過一看渾身一顫，拿起筆寫下：對不起，我以前用了她一些錢，卻將妳還了債…

我的眼淚立刻不聽使喚的流了下來，為什麼我還會流淚？誰能告訴我，為什麼？

之四十三　愛情的爛蘋果

×月×日天晴

那天我和Arthur發生了嚴重的衝突，就在他說曾經用了麗珠的錢之後，我突然痛恨起他來，摸著耳後被他前妻用杯子砸傷的疤痕，新仇舊恨一下子全湧上了心頭，像隻全身充滿劇毒的蠍子，我張開嘴朝他死命的囓了下去：你卑鄙無恥，你齷齪下流，你這個吃軟飯的無恥之徒……我將所有知道的咒罵用語毫不留情的丟擲到他臉上。

我那惡毒的詞彙扭曲的面孔，將Arthur嚇呆了，他的臉色為之慘澹，囁嚅地辯解起來：我沒有辦法，薔薇，離婚後我根本走投無路了，只有靠她借我的錢，才有辦法東山再起…你不是說你不愛她，你和她沒有一點瓜葛嗎？你怎麼可以為了錢出賣自己的愛情…我的憤怒如火山爆發似的帶著滾滾岩漿，燙得他和我兩敗俱傷。

我沒有出賣我的愛情，所以麗珠才會恨妳，薔薇，相信我，我真的好愛妳，不管妳曾經發生過什麼事，我還是像以前一樣愛妳，甚至比以前還愛妳，給我一個機會彌補我對妳的虧欠好嗎？Arthur聲音帶著哀求，還緊張的不停用手握拳捻著胸口。我的心幾乎要被融化了，但另一個潛意識的我卻強烈的制止著：不、不、妳絕不能相信他，也絕不能和一個傷透妳心的男人再在一起！

謝謝你，可惜我不再愛你了，我不需要你的同情和憐憫，我自己的路我會自己走下去，麗珠和我之間的事請你不要再插手！我冷酷的盯著他，不帶一絲情感，絕望從他眼眶溢到面頰連著嘴唇，整張臉泛白的顫抖著，一副狼狽的模樣。天哪，為什麼在愛與不愛之間，看一個人會有如此截然不同的觀點？還是仇恨和憤怒讓我醜化了愛情？變酸臭變腐爛的愛情，就像一只爛蘋果，怎麼看都不再鮮豔美麗還會倒盡胃口。

我覺得這是和Arthur今生最後一次見面了。離開咖啡店的時候，心裡居然無比的輕鬆自在，可能無解的答案終於有了答案，那就是何必為已經腐爛的愛情傷腦筋？任何人走出傷痛都只能靠自己，而不是靠愛情，尤其是曾經傷害你的愛情，何苦讓它有再一次傷害你的機會？只有避免被愛情剝削，你才有機會重新掌握愛情。

只是人生難道只有愛情嗎？當然不是，我必須更努力才能洗刷生命的污點，那莫名其妙被魔鬼撒旦附身的污點。然而當我回到家一個人獨自面對孤獨與黑暗時，激昂的鬥志立刻消失於無形，整個人的情緒像坐雲霄飛車一樣，激烈的起起伏伏著，難道這是罹患憂鬱症的前兆？我驚恐失措起來，決定儘快接受警局安排的社工心理輔導。

我向Peter請了一天病假，謊稱因為拍片受了寒生病了，Peter二話不說爽快的答應，還再三叮嚀我一定要看醫生吃藥多喝水…Peter對我的好根本露骨的毫不掩飾，我突然害怕的不得了，匆忙再打電話找輔導社工A，告訴她我的狀況，A立刻答應和我見面。那是個溫柔和藹的中年婦人，我從她身上聞到了媽媽的味道，一見面才三言兩語我就痛哭失聲起來，將最近所壓抑的情緒一古腦的化成淚水傾瀉出來。

妳絕對不應該認為女人一旦被強暴就是世界末日的來臨，試著跳出嚴重受創後症候群的種種心理障礙，認為自己已經骯髒不潔，一切都是自己的錯，要不然事情為什麼會發生在自己身上？妳要記住妳和以前的妳還是一模一樣，不會因為發生了這樁意外而有所改變，一樣真實、一樣純潔、一樣值得人愛……如果妳連自己都不愛，別人又該怎麼愛妳？

A說的話語讓我反覆思量，然而，我真的辦得到嗎？

之四十四

我和我身體的愛戀

×月×日天晴

我告訴自己要愛自己，或許說要學習好好愛自己，每天早上對著鏡子不停的說：薔薇，我愛妳，妳是單純又善良的女孩，任何發生在妳身上的事情只是過程，而非結果，妳會過得一天比一天更好，把以前的事情全部忘記吧，像一個初生嬰兒般，純潔無瑕⋯

我自我催眠的重新開始過日子，穿上乾淨素雅的衣服，化上淡淡的彩妝，將長髮紮成馬尾，露出漂亮的鵝蛋臉型，那塊我一直引以為忌的胎記似有若無的烙在臉頰上，我卻不再懼怕被人看見，真正愛自己就是要接受不完美的自己，更何況曾經飽受肉體精神的雙重摧殘，形體的一點點瑕疵實在不足為道。

Peter看著我容光煥發的神采，不禁癡迷起來，毫不忌諱的趴在櫃台上盯著我：薔薇，妳一定會紅的。我牽動嘴角笑笑，繼續當我的總機接我該接的電話，電話那頭卻傳來李傑低沈的嗓音：薔薇今天我下班去接妳，我有話要告訴妳。我還來不及接腔他就掛了電話，話筒那端傳來嗡嗡的斷線聲，遙遠的不真實。

李傑為什麼對我就是不死心？我要怎麼樣才能讓他死心呢？愛情難道就像個無底洞，一頭栽進去，就不得翻身，直到在黑暗裡氣絕身亡，就像李傑對我，就像我對Arthur。而愛情能死而復活嗎？從初戀情人身上汲取乾涸的養分殘渣？還是必須藉由新情人的豐沛能量灌溉滋養？只是，我還有愛的能力嗎？

我今天下班也等妳，新鮮的愛情會讓妳更美麗！顯然Peter聽到了李傑的電話也看透了我的心思，伸手捏了一下我鼻子，咧嘴一笑轉身進了辦公室。我突然一陣昏眩，被他的挑透所迷惑，自從在陽明山之夜以狂奔逃避他的追逐後，我不由自主的開始留意他的電話，除了經常往來的客户和他的朋友之外，似乎真的沒有任何女人找他。

我拿起電話直撥他專線，對自己的迷惑提出嚴重抗議：你再敢摸我鼻子，我就告你性騷擾！是，小辣椒！他爽朗的笑聲幾乎穿牆而出，震得我面紅耳赤。他是個隨時有辦法讓人輕鬆開心的男人，一個危險的男人，我卻不想在才跳出愛情漩渦的同時，不自量力的再縱身跳下另一個萬丈深淵。

下班時間一到，我在Peter走出他房門之前，快速的從安全門下樓再從大樓後門溜了，不要他也不要李傑，今夜我誰也不要，我只要我自己。現在我躺在浴缸裡全身放鬆，正用著香精油和沐浴乳泡澡，我雪白滑膩的肌膚飽滿有彈性，粉嫩的乳頭泛著晶瑩的光澤，下體一撮濃黑的陰毛在水中輕輕漂蕩，是赤裸身體上的奇異風景⋯

我的雙手順著乳峰腰間撫摸下去，如一隻黏膩的八爪章魚，用牠爪上的吸盤吸吮著我毛細孔裡暗藏的情慾，那壓抑又蓄勢待發的生理本能，被撩撥的蠢蠢欲動，我的腦中逐漸一片空白，和現實的世界失去最後的連結，所有的愛恨情仇、悲傷苦悶霎時煙消雲散，只剩我和我身體之間糾纏不清的愛戀⋯

一瞬間，我激烈呻吟起來，達到了高潮。短暫激情過後一切回歸現實，睜眼一看，我只不過是個躺在浴缸裡自慰的寂寞女子，我的性慾應該已經被閹割，怎麼可以如此放浪形骸？我無法再接受男人卻可以和自己做愛？這是多麼恐怖的行徑。

我害怕的將身子緩緩沒入水中，直到淹住口鼻，沐浴乳的泡沫夾雜著香精油的刺鼻香味從鼻孔滲入，我故意閉嘴吸氣，讓水逆流進喉，痛苦的幾乎窒息…我死命嗆了起來，希望就這麼死去…

而明天再以嬰兒的純潔面貌誕生。

之四十五　暴雨中的激情

×月×日天晴

我的廣告片上了，看著在電視螢幕上的那名曼妙女子，我不敢相信她就是自己，或許是導演取鏡的角度關係，或許是攝影棚內燈光處理的效果，那個女人美得根本不像我，一個從小就因為臉上胎記，顯得自卑甚至形同自閉的黃毛丫頭。

凝視陌生的自己，是件怪異的事情，在公司會議室裡反覆看著製片公司給我的VHS拷貝帶，真實的我仔細打量著鏡頭裡的我。原來，那個我的側面線條很美，微微翹起的鼻頭和微噘的嘴，看起來分外性感，絲緞似的長髮零散的披在肩頭，更添了幾許風情…原來，廣告影片打造的是一個夢境，如此虛幻不實。

唉，真美！Peter不知站在我身後多久了，突然誇張的讚嘆起來。我回頭還沒開口，他就緊接著揶揄道：唉，真是美得根本不像妳！我忍不住噗嗤一笑，他就有這本事，除了每每猜中我的心思，還能逗我開心。怎麼樣？晚上請我吃飯？剛剛製片公司打電話來說，播出效果好極了，客戶非常滿意，他們要為妳安排下一支片子的演出。

說是我請客，一路上卻是他開著車飛快的奔馳，叫我問都別問，跟著他走就對了，一派大男人帶著小女子走天涯的英勇模樣，不知怎麼地，我覺得和他一起很輕鬆、很愜意，不像李傑或Arthur總讓我心頭沈重。沒多久，我們來到天母的一條僻靜小巷弄，一下車，突然天上唏哩嘩啦的下起了驟雨，他二話不說的牽起我的手就拼命快跑，在寂寞的雨夜裡，我的心跟著飛了起來。

是一家小酒館模樣的餐廳，前院種著重重疊疊的芭蕉和九重葛，屋裡佈置的恍如波西米亞人的廚房，有著幾分滄桑、幾分頹廢，瀰漫著流浪者的食物香氣。我們渾身溼透的坐在唯一靠窗的桌子，看著被暴雨打得七零八落、遍地殘骸的九重花瓣，啃著蕨香碳烤羊腿排，喝著冰島Ice Wine，笑得東倒西歪。

以後叫我潘。他突然聳聳肩說：Peter是應付廣告公司洋規矩的花名，其實很沒人性，又沒個性，全世界有多少人叫Peter？妳說？看他一本正經的模樣，我也認真的搖搖頭。妳不知道對不對？連客户都有三個叫Peter，真是有夠俗氣！他作勢狠狠咬了一口羊排，我急忙點頭呼應：是，彼得潘先生你真的有夠俗！潘停住嘴，鼓著腮梆子假裝生氣的瞪了我一眼：沒關係，薔薇小姐，就不要讓我逮到機會修理妳！

我們就這麼嬉鬧到打烊，再冒著大雨衝回車上，彼此望著對方狼狽的模樣，忍不住又哈哈大笑了起來。我拼命笑著，好久沒這麼放肆開心的笑了，簡直像吸了笑氣般的一發不可收拾，直到笑岔了氣，眼淚流了出來。潘！我喜歡他叫潘，像個活生生的人。他從置物箱拿出一條毛巾，沒頭沒腦的直幫我搓起頭髮擦乾眼淚。

怎麼這麼會哭呢？妳看一條毛巾全溼透了…潘搖下車窗想擰乾毛巾，反而讓一陣大雨趁勢侵入，霎時我們兩人又成了落湯雞。彼得潘先生你真是有夠蠢！他喃喃自語的看看自己再看看我，一籌莫展似的…怎麼辦？那…讓我親一下，親一下就好，我保證衣服和頭髮馬上就會乾，雨呢？也立刻就會停…

我還來不及反應，他已經欺身而上，溼淋淋的唇火辣辣的舌，捲住了我的，兩隻巨大的手掌摩挲著我冰涼的背脊，一陣炙熱的觸感穿透薄如蟬翼的溼衫，愛撫著我形同赤裸的肌膚…我嘆息起來，忘了今夕何夕，忘了曾經烙印在身上的痛楚和傷痕，忘了曾經愛過和恨過的一切一切…

之四十六　愛情的燒餅油條

×月×日天晴

好像和潘戀愛了，是一種和李傑或是Arthur截然不同的感受。李傑對我的愛像星星，微弱的在夜空中閃爍著光芒，看得到那孤絕的美，卻遙遠的沒有一絲溫度；Arthur對我的愛像月亮，溫柔可人，但經常被烏雲遮蔽，留我獨自在黑暗裡哭泣；而潘對我的愛，像太陽，照得我的身體和心都暖烘烘的，似乎連最幽閉頑固的角落，都紛紛的融化了。

潘對我好到絕不避人耳目。每天我上班的時候，一套燒餅油條就擺在桌上，還熱騰騰的冒著氣，咬在嘴裡，那一粒粒爽口的芝麻，在我舌尖上活潑蹦跳著，就如他那靈活的唇癡迷的眼，挑逗著我的靈魂，我的毛細孔，我的血液……天哪，我怎麼可以才逃出愛情的地獄，立刻又掉進另一個漩渦？我以為已經走到了愛情的盡頭，上帝卻又為我另闢了一條蹊徑，來到了柳暗花明又一村的美麗世界。

我陶醉著，懷著矛盾的心情陶醉著，是歡喜和恐懼的拉鋸戰，歡喜真愛降臨，恐懼真相暴露。我根本不純潔了，我是一個曾經受性侵害的女子，雖然心理輔導社工一直說那不是我的錯，不是我的錯，但我總是躲在黑暗裡，不斷的自責：如果我不曾遇見Arthur、如果我沒有愛上他、如果我把他讓給麗珠、如果我不離開他、如果我不去KTV打工、如果繼父沒有生病、如果媽媽不逼著我要錢……

千萬個如果都還只是如果，在忿恨中翻箱倒櫃找出來自我安慰的如果，因為如果怎麼也挽回不了發生的事實，最可怕的如果是對未來假設的如果，那還沒有發生卻可能發生的如果。如果，潘發現我的祕密，這不可告人的祕密，他還會再愛我嗎？想到這兒，我渾身戰慄了起來，宛如一根脆弱的稻草，只要有個風吹草動，就可能斃命，再次墮入那萬劫不復的煉獄，且永世不得超生。

妳還好嗎？怎麼臉色這麼蒼白？潘站在櫃台前，關心的盯著我瞧。我猛然回神，朝他露齒一笑，他說過我笑起來的時候，有著茱麗亞畢諾許的味道，幾分甜美、幾分嬌嗔還有幾分純真，所以微笑是我掩飾恐懼時最理想的面具。沒事就好。他鬆了口氣，朝我眨眨眼抽身就走，隨即又回頭低聲叮嚀著：下班帶妳去個好地方吃東西，我打算要把妳養成一隻小肥豬，一隻寵物小豬。

豬怎麼會是寵物呢？看他煞有介事的表情，我又被逗笑了，還好天生吃不胖的我，不管怎麼樣身材都不可能變形，那就盡情的跟著潘上天下海，將往事遺忘，將恐懼打包，再一次為愛情冒險吧。可惜，往事如影隨形，隨時對著我張牙舞爪，不肯輕易的放手，要曾經被往事俘虜的我，依舊對它俯首稱臣頂禮膜拜。

我在辦公大樓門口等待潘開車上來的時候，燥熱的空氣中浮動著一絲不安，讓我的眼皮不由自主的跳了起來，抬頭不經意的四下眺望，目光卻和迎面而來的李傑撞上了。李傑穿著件CUGGI的黑T恤，像第一次在咖啡店裡看著他過街而來似的，覺得他真好看。夕陽下，一片餘暉灑落在他及肩的頭髮上，一雙長腿邁著大步，急促穿梭過疾行的車流，在一陣喇叭聲中，來到了我面前，他憂鬱的咖啡色眼眸裡，盡是我重重疊疊的影子。

為什麼妳都不接我電話？他的聲音裡夾雜著憤怒。我是總機怎麼可能不接？我無辜的將眼光移開，怕會被自己的影子所迷惑。那…那妳為什麼接了就掛掉？他吐了口氣，像是憋了很久的一口怨氣。

潘的車子正好開了過來，他跳下來冷眼瞅著李傑…

之四十七

颱風夜的真愛奇蹟

×月×日颱風天

詭譎多變的強烈颱風來了。每逢風雨，這間三十年的老舊公寓就會漏水，滴答滴答的從天花板順著屋樑滴在床上，平常擺個臉盆接水還是可以照睡不誤，今天隨著風勢雨勢轉強變大，我連放個水桶接水，都還得頻頻倒水才能勉強維持床鋪的乾爽……

突然，如千軍萬馬奔騰的雨陣帶著轟隆轟隆的巨響侵襲而來，屋頂霎時氤溼了一大片，水滴也轉為傾瀉而下的水流，我抬頭一看，只見甘蔗天花板不堪折騰，已經裂了個大洞，雨水夾雜著污穢的雜物正滾滾而下，從床鋪氾濫到地上，我已身陷水鄉澤國。

我趕緊拿起水桶勺水打開窗户倒出去，更大的雨勢昏天暗地的撲面而來，勉強睜眼一看，小巷弄已經積水了，四周鄰居有人狂喊著：快跑快跑，淹水了！公寓樓梯隨即傳來雜沓凌亂的腳步聲，在風雨裡更顯得驚心動魄。我該跑嗎？我能跑去哪裡？如果能在天災裡死亡，是否為一種極其自然的解脫？

停電了，四下一片烏漆抹黑，我在狂風暴雨中哆嗦著身子，渾身溼冷的躲在黑暗裡微微笑了起來。如果孤獨的孑然一身，這世上多一個我或少一個我又有什麼差別？母親難道不知道今晚颱風來襲？卻連一通關心的電話都捨不得打。至於口口聲聲愛我，甚至為我大打出手的李傑呢？潘呢？

回想那天，李傑在公司門口堵到了我和潘，我並不意外但卻不怎麼高興的問他：你來幹嘛？李傑不答腔，冷眼瞪著我們半晌，就在潘聳聳肩若無其事對他笑笑，而我也正準備搭上潘車子離去的時候，李傑突然欺身上前，從車窗口揪住了潘的衣領要拖他下車：王八蛋，你橫刀奪愛你給我下來！

潘臉色一變將車門一推下來了：李先生，請你講話客氣一點，自己沒本事就要輸得起！潘強自壓抑的怒火，從他兩眼冒了出來，直燃燒的李傑臉色發紫發燙。你難道不知道薔薇是我女朋友？是我的女人？他俊秀的面龐扭曲起來，雙拳緊握著在空中揮舞，眼看就要打到潘臉上了。

住手！我慌亂的跳過去橫杵在兩人中間，壓低嗓門祈求似的望著李傑：過去的事請你不要再提了好嗎？他冷笑一聲：不提？妳以為是誰讓妳飛上枝頭做鳳凰的？是我！不是他！他伸出食指點著自己胸膛，再順勢猛力一甩擊中潘面頰。潘不敢置信的愣住了，隨即搖搖頭：算了，我不和野蠻人計較！薔薇，我們走。我跟著潘上車，李傑卻衝了過來一把揪起潘就捶，潘終於忍無可忍，掄起拳頭反擊，你來我往的互不相讓。不要打了！不要打了！我驚叫著卻阻止不了已經打得眼紅的兩個人。四周早圍上了一大堆好奇觀望的群眾，包括公司的同事，我在他們的眼神中，看到了幸災樂禍⋯⋯我攔了部計程車飛快的逃離現場。

如今，不管愛或不愛，或是不管有多愛，一切以愛之名橫行的人，在大難來時不都各自飛了嗎？我坐在暴雨中等待，等待愛的奇蹟出現，如果真愛真的存在，必然在生死關頭能顯靈，否則死又何妨？少了真愛，我不啻一具行屍走肉的殭尸罷了！遠方尖銳的警笛聲、救護車聲、救火車聲四處流竄……世界末日的景象也不過如此吧？我半個身子浮在髒水裡，冰涼徹骨卻懶得挪動半步，只想儘量保持最優雅的姿態。

薔薇！薔薇！突然我聽到淒厲的嘶吼聲在暴風雨中揚起，我精神一震似乎立即恢復了元氣，掙扎而起奮力奔到窗前一看，一個渾身溼透的人影正踏著及腰的水深而來……

之四十八 燃燒的神聖祭典

×月×日颱風天

在看清楚冒著狂風暴雨來救我的人是潘的時候，我激動的叫了起來，朝他不停的揮手，不敢相信這是真的，雖然只有他知道我住這裡，他的出現卻是絕望中的一線生機。我溼漉漉的臉上是雨是淚，早已分不清楚，在生死關頭起碼這世上還有一個真正關心我的人，足以讓我不顧一切的朝他奔去，就算那是另一條通往死亡幽谷的道路，又何妨？

潘揹著我涉水逃命，斗大的雨點像皮鞭般的急促抽打在我們身上，幾乎皮肉綻開，我不但不覺得疼，反而還肆意享受著這致命的快感。我緊緊摟著他的脖子，深怕一不小心就跌落水裡，在風雨中失去他的蹤影，駭然發現這只不過是一場夢、一片支離破碎的幻影。

妳快掐得我不能呼吸了！潘喘著氣大吼著，我大笑著扳過他的頭，忘情的舔著他臉上的雨水，還用手將他箍得更緊。他停下腳步，放我下來，回過身嘆口氣：好吧，要死就一起死吧！他冰冷的唇混貼上了我的，兩舌交纏體溫依偎，彼此傳遞著僅存的熱氣⋯⋯

在已經停電的狹小巷道，昏天暗地裡暴雨如洪滾滾而來，幾乎將我們淹沒，世界末日也不過如此吧，而他含笑的眼睛卻像霧裡閃爍的星星，是生命唯一的希望。在水幾乎淹到胸口的時候，他開始拖著我游向巷口街頭，爬上了他那部差不多快要滅頂的休旅車頂，等待救援。

我們渾身冰冷的摟著坐在車頂相視而笑，一切都是災難片的電影情節，沒想到老天爺搭了戲劇佈景，我們卻自創了感人肺腑的愛情情節，在不可思議的劇本中，演出了足以贏得高票房的真實人生。如果愛情就是這樣，在虛構和現實間交錯，讓人分不出真假，所以分外甜蜜，那我情願被那份甜蜜嗆死噎死，也不願回到現實裡。

我告訴潘這個念頭，當我們被義警的皮筏救上消防車送到警局，再叫無線計程車回到潘安然無恙的家之後。傻女孩，妳死了我的義勇行為不沒得表揚了嗎？潘坐在我面前，捏捏我的鼻子，遞上了一杯威士忌。我猛地啜了一大口，火辣的酒液立刻便成一股擋不住的暖流，放肆的流竄過我的舌尖到喉頭，直抵胃壁，熊熊地燃燒了起來。

潘一把將我手中的酒杯拿過去：酒不要錢嗎？哪有人這樣喝烈酒的？妳會醉的。我高興！我瞅著他：醉死總比淹死好吧？順手搶過酒朝他一舉杯：為死裡逃生乾杯！然後昂首一口喝乾，還猛嗆了兩下，酒液順著口角溢了出來。潘走過來，低下頭溫柔的舔著我嘴角，含糊不清的呢喃著：不，是為英雄救美乾杯⋯看妳這樣，連我都醉了。

醉吧，就讓我們醉死算了，醉死在彼此懷裡。我心裡吶喊的，讓激情點燃胃裡的酒精，化成一團火，將自己燒成灰燼，灰飛湮滅成一縷輕煙，消失在愛情的天堂裡，不再回到那齷齪醜陋的地獄⋯但是我怎麼捨得丟下他？我張開口將火焰噴向他，要將他一起燃燒，直燒到地老天荒。

潘淫熱的雙手滑進我淫透的T恤，像兩條滑膩的小蛇遊走在我的身軀上，不時還伸出蛇信輕挑慢揉的攻城掠地直達要塞…我呻吟起來，抖著手慢慢撥除潘那淫透的襯衫，然後用我的唇在他赤裸的胸膛烙下印記，為今夜做永恆的記錄，純潔完美的不帶一絲邪念，唯有真愛能見證。

是的，我的身體將要進行一場奉獻的神聖祭典，獻給一個以愛之名冒著生命危險救我的男人，一如純潔的處子…

之四十九 愛情和性愛的等號

×月×日天陰

潘辭職了，因為在公司門口和李傑互毆，驚動了上層，覺得他破壞了公司形象，要求他向李傑道歉了事，否則將以調職處分，潘不肯，決定辭職，同時他為了保護我，堅持說整件事和我沒關係，是他和李傑的私人恩怨，讓我暫時保住了飯碗，但是從同事們看著我竊笑的神情，我就知道，流言早已四竄，像一頭逮不住的病鼠帶來瘟疫，遲早會蔓延致我於死地。

讓我跟你走吧！我懇求潘。潘搖頭笑笑捏捏我鼻子：跟我走？妳只會變成我的超級大包袱。他習慣捏我的鼻子，而透過指尖，我總也聞得到那股淡淡的肥皂香氣，是愛的費洛蒙吧，一種每個人生理上散發出的獨特體味，從一開始就挑逗著我，讓我無法抗拒的耽溺在那氣味裡。偶而我會出其不意的張口咬他手指，咬得他誇張的驚聲尖叫。

如今只怕那手指從我眼前消失，我像在大海中攀住一根浮木般的緊緊抱住他手臂。緊張什麼？我MBA的學位很好找事情的…潘說，我憂鬱的眼眸卻告訴他我還是不放心。妳放心，憑我的學經歷，我只會找到更好的工作，經濟不景氣失業率創新高，反而是人才出頭天呢。潘的眼珠子發亮，瞳孔裡似乎已經繪好了一張前程似錦的藍圖，一幅安慰我的假象。

欸，妳就相信我吧，我雖無過人之處但起碼小有積蓄，就算失業一兩年也餓不死，連妳一起養也沒問題，OK？潘又逗得我不得不笑起來，狠狠捶了他一拳：誰要你養？我要自力更生。我知道，所以妳不會像橡皮糖一樣的黏著我！潘一本正經的繼續逗弄我，就在我再度揮拳時，他一把拖我進懷裡吻了起來…

潘離開了公司暫時回東部家中休息，我覺得整個人和時間空間都空洞了起來，每天早上沒有人再買熱騰騰的早點放我桌上，填飽我空虛的胃，下班也不再有一部休旅車咻的一下停在我面前，承載我失焦的靈魂。行屍走肉般，我除了接電話就是等他電話，連製片公司找我去試鏡，也意興闌珊提不起勁來，而在接到法院出庭的通知時，我連原先的焦慮和忿恨也蕩然無存，或許說幸福讓我根本忘了曾經發生在身上的不幸，而相思煎熬著我一寸一寸的身心，也讓我幾乎沒有多餘的力氣感應外在世界的悲傷疼痛。

殘酷的事實還是必須面對，在李傑出現的時候，我就知道我仍逃不出命運的枷鎖，往事總是難以輕易的不再折磨人。他根本不打電話不在樓下等人的直接衝到我面前，紅著眼睛啞著嗓子，以玉石俱焚的姿態吼著：妳現在就跟我走！我還沒回答，他已經揪起我的胳膊往外拉，同事們驚駭的望著卻沒有人伸出援手，似乎等待這一天已有許久。

在背後幸災樂禍的眼神注視中，我冷靜的拿起皮包和李傑走了出去，來到了公司轉角社區公園角落。你已經讓潘失去了工作，現在連我也不放過？我瞪著他毫不退卻。妳為什麼這樣對我？李傑興師問罪似的，樹影破碎的橫梗在我們之間，讓我看不清他的臉，那張好看的臉。

沒有為什麼，李傑，你這麼好這麼優秀，一定找得到比我好的女孩…我話還沒說完，他就冷笑起來：陳腔濫調，我只要搞清楚，我——到底是不是妳第一個男人？我霎時像冰棍一樣的凍住了，原來男人認定愛情和性愛必須劃上等號，因為初夜給了他就必須愛他、跟他一輩子？否則⋯⋯

否則就是妳跟我做愛的時候早就不是處女了！李傑荒謬的下了結論。

之五十 愛情的極樂世界

×月×日天陰

當李傑突兀的脫口問我，他到底是不是我第一個男人時，我真的愣住了。他在懷疑什麼？因為我沒有落紅？因為我離他而去？因為我到現在還不肯接受他的愛？難道初夜就必須落紅？難道女人絕對不能離開他的第一個男人？難道女人必須忠貞不二的愛著她的第一個男人直到老死？否則她的第一次就必須被質疑？女人的初夜是她愛的印記，是初夜就必須有愛，否則就必定非初夜。

面對這荒謬的男性邏輯，我突然哀傷的狂笑起來，那是一種淒涼的笑聲，劃破落日黯淡的餘暉，在秋日蕭瑟的傍晚顯得格外蒼涼。李傑驚惶不解的瞅著我：妳笑什麼？有那麼好笑嗎？我不可遏止的笑出眼淚來，答非所問的抹著眼角的淚水：如果我告訴你，我曾經被兩個男人輪暴過，你還會愛我？你還會愛我？

我逼視著他，聲調高揚，帶著幾許的譏諷，對他也是對自己。李傑震驚的說不出話來，蹙眉緊咬著嘴唇，不敢置信的上下打量著我，半晌，故做無謂狀的聳聳肩：我不相信，妳只不過想用這招來嚇唬我，我不會上當的！這種事可以開玩笑嗎？見他狼狽的自我解嘲，我是笑得更喘不過氣來：如果貞操是男人用來衡量愛情的尺度，那，你可是真計算錯了！李傑的臉色刷地一下慘澹起來，像一張白紙，看不見任何表情。

Peter知道嗎？他突然問，算是終於相信了，然後掏出了一根煙點上了火。我怎麼不記得他會抽煙？還是他抽不抽煙我也從來沒有關心過？我們之間只是短暫的激情交會，當火花散去，一切也煙消雲散，就像現在從他嘴中吐出、從我眼前飄逝的縷縷青煙，風一吹就散了，看不見過去也沒有未來，我和他其實是何其的陌生，生活從沒有交集過，生命也不曾激盪出任何漣漪。就因為他是我第一個男人，我就必須重新思考我和他的關係？包括潘和我們之間的關係？

這和潘一點關係都沒有。我斬釘截鐵的說。其實心裡一點把握都沒有，如果潘真的知道我曾經受暴的事實，他會繼續如此毫無保留的愛我嗎？人生真是矛盾，在一個你無法付出的人面前，你可以無所顧忌的掀開自己最脆弱、最齷齪的底牌，讓對方一覽無遺，恨不得他能從眼前消失，而對深愛的人，卻把自己偽裝的天真無邪，希望能一如潔白的天使，展著雙翅載著他飛向愛情的極樂世界。然而只要是真愛，其實更是應該毫無保留的讓他分享你所有的祕密才是啊！

所以那愛情的極樂世界，應該是不存在的吧。怎麼會沒有關係？李傑忿忿的踩熄了煙頭，咆哮起來：如果Peter知道這件事而他還誠心的接受妳，那我甘拜下風，真的佩服他！妳知道嗎？沒有一個男人能夠接受自己女人曾經被強暴的事實！他頓了下腳，簡直有點氣急敗壞的不知所措：當然前提是，妳說的每一句話都是真的，而不是為了打發我離開妳的卑鄙伎倆！用這來騙我，妳就太差勁了！

我望著李傑因為激動而扭曲的嘴臉，在華燈初上的光影中，忽影忽現，模糊不清，一如我們在追求愛情的旅途中，各自迷失的幽魂，茫然找不到方向。突然，我真心的感激起他來，他沒有勉強自己欺騙自己甚至安慰我，說：薔薇，妳放心，我真的愛妳，所以我願意試看看如何再接受妳。他讓我找到了自己，我的愛情和身體都不需要任何人的肯定，不是嗎？

當潘回來的時候，或許也是我必須向他攤牌時候了。

之五十一　月亮的愛情神話

×月×日天晴

李傑悻悻然的走了，永遠走出我的生命，在我讓他看了那張才收到的法院出庭通知之後。記得他抿著嘴唇、抖著雙手、拿著單子，眼睛巴眨巴眨的張闔著，似乎不敢相信那白紙黑字寫得是真的，身子也好如在秋風中打轉似的搖擺起來，整個人滑稽的像才收到一張鉅額的交通罰單。

不可能，不可能！李傑奮力將通知單往空中一甩，單子卻輕飄飄的落下，沒有重量的，一點都不願承擔世間的荒謬無奈，落在我腳邊。難道這就是生命中難以承受之輕？一張幾乎毫無重量的紙卻負載了我所有的生命重量，身體的恥辱忿恨，靈魂的沈重蒼白，還有愛情的分崩離析。可這完全不是我要的，它們卻緊緊依附在我身上，如影隨形。

我撿起單子，無意識的將它對折再對折，好像可以將所有的屈辱折到消失為止。為什麼？為什麼妳情願離開我讓別人糟蹋？李傑冰冷的聲音刺破我的耳膜，是無情的趕盡殺絕。我抬起頭眺望遙遠的星空，一輪明月高掛，那兒有美麗的神話，美得足以終結凡人對愛情的一切幻想，只有月神阿特彌斯能施展魔力讓深愛的恩狄米翁常睡不醒，讓青春不老讓愛情永遠忠貞。

抱歉，污辱了你對我的愛情⋯⋯我慘澹的笑了起來。李傑默默的轉身走了。望著他離去的背影，眼前卻浮起那天，好像很久很久以前的那天，我在咖啡店裡，他穿過街道、穿過陽光迎向我的情景，當時一切是那麼新鮮燦爛，愛情美好的細胞蠢蠢欲動，是的，是我自己不明所以的毀了一切。如果時間可以倒轉，命運可以重來，我會好好珍惜他嗎？我不知道，但是逝去的不可能回頭，愛情也不可能在悔恨中重生。我只能往前走去義無反顧。

和李傑那麼一場對話下來，使我精疲力盡，耗掉了所有的元氣，不管公司流言四起，我請了病假躺在床上等待另一場爭戰：對潘的告白。明知可以逃避，可以隱瞞，我卻選擇面對，如果他真的愛我，就必須接受真實的我、受傷的我、過去的我、隱藏的我，我和那已經不可剝離的我，雖然他從來不問我過去。我想，知道真相的他一定也會棄我而去，所以我必須先行盤算如何分手。

小丫頭，我不在就害相思病啦？知道我病了，潘立刻趕回台北，坐在我床前親暱的捏著我鼻子，一如往常。我微笑閉著眼睛躺在他懷裡，嗅著那熟悉的肥皂香氣，我要將這味道鎖進記憶的匣子裡，緊緊鎖住，隨著我孤單的靈魂漫舞，直到死去。潘是唯一讓我真正體驗到愛情療傷神奇功效的魔術師，經過他的魔法寶杖一點，我的哀愁、我的傷，總是立刻變得雲淡風輕。

陽光透過窗櫺，毫不吝嗇的傾瀉在潘身上，一束金黃的光芒將他身影勾勒出聖人般的姿態，空氣中浮動著無數細小微塵，生機勃勃，我的心被溫暖捧著，幾乎又看見了未來的希望，也許今生他就是來救贖我的…在這片大好氛圍的秋陽景色中，潘溫柔的摩挲著我的長髮，指尖傳來微微戰慄的激情，讓我意亂情迷，分手的心意幾乎動搖了。我是何其不幸但他卻又何其無辜？

不，我不能被眼前的愛情假象迷惑，除了月神，愛情怎麼可能有天長地久？就是因為潘是個無懈可擊的完美情人，完美的讓我必須離開他，我們才不會彼此傷害。我突然清醒過來，掙脫潘的懷抱，裝著冷酷無情的瞪著他，嘶啞著一夜無眠的嗓子說：我們分手吧！

潘錯愕的一抹微笑凝結在陽光中……

之五十二 慾望的永恆自由

×月×日天陰

我並沒有告訴潘堅持分手的理由，如果說是沒有必要，還不如說是我不想在他面前崩潰，讓我那無法磨滅如刺黥般的天生胎記，因為悲傷泛紅而更形醜陋，我要像一隻展翅的漂亮鳥兒，從容的打從雲前飛過，只留下驚鴻一瞥的倩影。記得泰戈爾說過：鳥兒願有一朵雲，雲兒願為一隻鳥。那是晴空萬里下的美麗幻想，當風雨飄搖時，鳥兒和雲兒怎堪相依？短暫的交會後，終究還是各自飛散，在人生慾望的大海裡繼續漂流。

明知那風雨只是我內心深處獨自翻攪的隱晦氣流，其實既無風也無雨，只是鳥兒必須先行離去，才不必承受雲兒告別的悲傷。雖然潘離去時是悲傷的，因為他不明所以，我更加無法安慰他，只是殘酷的將我的悲傷丟給他，似乎他正手捧一個完美的甜瓜遞給我分享，我卻故意失手讓它掉在地上，支離破碎的皮汁濺得滿地，讓我們的愛情也頓時血肉模糊起來，充滿了生離死別的痛楚。

血腥的愛情羶味，撕裂了我，痛得讓我的面目模糊起來，無理的將潘趕出我的房門，只怕稍慢一點他就會看清我，看清我那不堪一擊的脆弱意志。妳不知道妳在說什麼！臨走前潘回頭，傷痛裡盪著如大海般的溫柔，溫柔的足以將我溺斃：我知道妳有事情瞞著我，在第一次載妳上山那晚，我就知道，只是不論妳曾經發生過什麼事，妳就是妳，薔薇，我永遠的薔薇！潘在我額頭輕輕一吻，走了。

我在人潮洶湧的台北街頭踽踽獨行，斑爛的車燈劃過七彩的霓虹，將世俗瑣事切割成碎片，化成雜沓步伐下的微小灰燼，再變成一張張飽漲物質慾望的臉……喧鬧中的寂寞勾引著我，流連在一片片眩目的櫥窗前，看著倒影中的那隻孤獨遊魂，如一尾玻璃缸中的金魚，被錯置在慾望橫流裡，除了呼吸沒有生命……直到熱鬧打烊，寂寞走出喧囂來到陽明山，我坐在那愛情盟約的山崖邊，靜靜望著小如星鑽的燈火一顆顆逐漸睡去。

山坳下一片漆黑，夜半冷風貫穿裙擺直達心窩，我冷得直打哆嗦，和潘在一起的熱氣已經冰涼，所有的恩怨情仇在暗夜裡紛紛死去。天地之間，我還是我，孤獨又唯一的我，形體依舊蕭瑟、靈魂依舊蒼白，只是命運使我行經了一場慾望的洗禮，讓我從肉體到靈魂遍體鱗傷，有過愛情的滋潤情慾的掙扎，對名利的追求幾乎到手，卻又微不足道。我想到李傑、Arthur、潘、麗珠，我的母親、我的繼父，還有那兩個傷害我的生命殺手，所有的愛恨寵辱，似乎歷歷在目卻又飄渺虛無，我不應該為任何人死去，也不該為任何人而活。有人說過，慾望只不過是奢侈的奴隸，靈魂不需要它，而沒有慾望的人永遠是自由的。薔薇應該無牽無絆的為自由存在吧？還是承載著慾望的肉身已經失去了自由？如果慾望肉身死去，靈魂就得以永生？或是縱身一跳，就能追求永恆的自由？此時此刻，死亡竟然如此和我貼近。

我和死亡緘默相對，凝視它那無名的黑洞，到底是極樂世界還是輪迴煉獄？我問它它無法回答，生命從來就無解…直到晨曦升起黑暗隱退，我聽到了久違的雞啼，洪亮高亢的穿破雲霄熱力四射，一部車子由遠而近，熟悉的休旅車輪聲急切又粗糙的爬抓著地表，一聲聲碾過我的耳膜。是潘來找我嗎？找他永遠的薔薇。

我跳起來往回走，無論如何，日子還是要好好的過下去。

番外結局（上）

命運的甜甜圈

×月×日天陰

上山來找我的真是潘，他的休旅車才嘎然停住，我就急忙奔向他，一路抖落整夜的孤獨寂寞，隔著車門摟著他脖子興奮的又跳又叫，也不管一宿未眠脂粉未施的臉色，也許正像一張剛爬出地獄的厲鬼惡面，蒼白的沒有一絲血色、冰涼的沒有一點人氣。我離開以後想想不放心就回頭找妳，沒想到妳就不見了……唉，我就知道妳躲在這裡。他嘆口氣，脫下夾克替我披上，一股暖氣緊緊裹住我，那是他醞釀的愛情體溫。

我爬上車依偎過去，用牙齒啃咬潘一臉才冒起的鬍渣，恨不得活生生的將他吞下肚去，讓他填飽我饑渴的靈魂。潘胡亂的閃躲，我卻啃得更用勁。呵，妳把我當麥當勞早點啦？他扶住我的臉蛋，清澈專注的眼神穿透我空洞的軀殼。我低下頭躲進他懷裡，呢喃著：不要離開我，不要離開我……傻瓜，我不會的，永遠。他的兩臂如鉗子般擁住我。

不，你會的，如果你知道我曾經被強暴…我一鼓作氣的說了，說出深埋的傷痛。潘的雙手霎時鬆脫，坐直身子，一陣初秋清晨的冷風鑽了進來，涼得刺骨。妳說什麼？潘的音調清冷。我偏過臉不敢看他，同時不可遏止的開始痛哭流涕：不是我的錯，真的不是我的錯，沒有一個女人願意被強暴，只是不幸我遇到了…我一直不告訴你，就是怕你離開我…

空氣凝結，萬籟俱寂，只有我的哭聲迴盪在山頂，無盡的哀愁在天地間翻滾，如同火山爆發。明知我可以灑脫一笑，告訴自己強暴算什麼？只不過是一次被動又沒有感情的性交，既不傷皮也不傷肉，沒什麼了不得。可是我為什麼這麼傷心？傷心的幾乎肝腸寸斷…因為潘不會相信我的，所有的人都認為被強暴的女人是自找的，不管她穿多少衣服，不論她當時在做什麼。潘一定會離我而去，他永遠的薔薇也即將死去，而現在我正在背水一戰，如果要日子好好地過下去，誠實是往事唯一的救贖。

我相信妳。幾乎過了一世紀那麼久，潘篤定的說。他扳過我的臉，輕輕舔著我的淚珠，從眼窩到唇邊，直到他溼熱的唇將眼淚捲入我口中，和著唾液一起在我們舌尖翻攪。不，不可能⋯⋯我口齒不清地懷疑他的赤忱。妳忘了？我說過不論妳遭遇過什麼事情，妳都是我永遠的薔薇。我拼命搖頭，淚珠兒灑了一身，像散落的鑽石，在空氣裡跳躍，刺傷了我的眼讓眼淚更是流個不停。

潘掏出紙巾遞給我：我們結婚吧！我擦著眼淚不敢置信的抬頭看著他，他正眺望著遠山，神情像極了山頭那虛無飄渺的山嵐。不要安慰我！不要同情我！愛情不是施捨！我嘶吼著跳下車，想要逃離這溫柔的陷阱，深不可測。妳逃不掉的！身後傳來潘的吶喊，我一個踉蹌跌坐在地上。是的，幾個月前，我一樣在這條路上逃竄，卻又回到他身邊。愛情的命運像個甜甜圈，命中註定的姻緣，只能不斷的循環回到原點，除非有人咬了它一口。

看來是沒有任何人有那能耐了。我薔薇，應該生來就是他潘的妻子，潘本來今生就要娶薔薇為妻，不論曾經滄海難為水，或是除卻巫山不是雲，潘要我，要過去、現在和未來全部的我，他要和我天長地久。我高興的又哭了起來，悲傷地眼淚頓時化為喜悅，在滿溢的快樂裡，卻仍有一絲不安蓄勢待發，那是什麼？我不知道，只知道愛情太幸福、太美滿一定會遭天妒。

然而，看來我是逃不掉了……

番外結局（下）

永不凋零的屍花

×月×日天晴

我們的婚禮很簡單，簡單的不太像婚禮，可是因為我從來沒想過會在二十三歲時就結婚，對婚禮從來沒有幻想，一切似乎就變得理所當然了。我們到法院公證，請了潘的兩位大學同學當證婚人，他們看到我的時候，疑惑也有了答案。這麼漂亮的新娘，難怪你會急著結婚…他們七嘴八舌的消遣潘，我嬌羞的瞅了他一眼，潘淡淡的牽著嘴角笑了，然後緊緊握住我的手，那隻已經戴上蒂芙妮五十分克拉結婚鑽戒的手。

我們這瞞著雙方父母的婚禮，最後是四個人在一家上海餐廳吃了頓大閘蟹套餐、喝了幾瓶紅酒做了了結。潘說，因為事出突然，我們先公證他再帶我回家見公婆，他們是很知書達禮的人，要我放心，而且下星期他就要去新公司上任了，同時給他父母雙喜臨門的驚喜不是很棒嗎？我完全沒有意見，也不敢想像母親如果知道我私自決定了終身大事，不曉得將會如何震怒呢？

那不如也先瞞著吧。

公司同事也沒有任人被邀請，所以這是一場幾乎沒有祝福的婚禮，但是我的心卻洋溢著甜蜜滿足，像是放到蜂蜜裡浸泡過的櫻桃，晶瑩蜜汁裹著艷紅的果漿，在胸腔裡發酵，讓全身從裡到外都甜孜孜的，滿是幸福的滋味，連走起路來都輕飄飄的。潘說我酒喝多了，在冷冽的寒風裡將我攬進懷裡，邊走還邊不停地低下頭輕吻我的面頰。愛情啊愛情，真是足以讓人醉生夢死，墮落沈淪。我呵呵笑著拉著他奔跑起來，還快樂的在人行道上旋身起舞……

我們嘻笑著回到他家，喔，現在已經是我們的家了，完完全全屬於我們兩個人的家，裡頭四處堆滿了從我住處搬來，還來不及整理的行李。門一關上燈還沒開，我們就靠著門板忘情的親吻起來，潘熱情的雙手在我身上摸索，我也忘情的回應著，扒開了他的襯衫鈕扣……這真是奇妙的感覺，和一個在法律上已經完完全全屬於妻子的丈夫做愛……我突然想讓這新婚之夜更浪漫、更完美。

我推開早已氣喘如牛的潘，低頭將自己差不多半裸的身體重新包裹起來。別猴急…我打開燈蹣跚地將他推上床，拿起新買的性感內衣褲走進浴室。潘瞪著眼又無可奈何的笑了起來：好，妳整我？待會看我怎麼報仇！我笑著走進浴室，剝光身上的衣物，跳進浴缸打開蓮蓬頭，強力水柱從頭噴灑過我凝脂般的雪白肌膚，沖去所有的塵垢污穢，我純潔無邪的宛如一朵盛開的白色蓮花。

等我洗乾淨爬上床潘卻已經睡著了。我輕輕吻著他的背脊，撫摸他的身體，那結實又飽滿的肌肉一層層隨著呼吸鼓動著，手來到了他的私處，盈盈一握有了反應…潘翻身將我壓在底下，狂烈的吸吮著我的頸項：妳以為我真睡了嗎？我癢得拼命求饒，卻讓他更亢奮。來吧，愛人，就讓我今夜死在你的懷裡…突然，潘凝視我的激情眼神一黯，頹然起身…

薔薇，我不行…再給我一點時間…潘捂著臉赤裸的坐在我面前。我看著他那儼然已經完全卸甲的生殖器，垂頭喪氣，想起了曾經在雜誌上看過的一種花，全世界最大最漂亮的屍花Rafflesia，它不是一般植物而是寄生細菌，散發著惡臭卻有著豔麗張狂的大花瓣，花開短短幾天即凋零。我和潘，我們的愛情、我們的婚姻，難道只是美麗的假象？難道只是隨時會腐敗的寄生菌？

我不肯向命運屈服的眼淚又流了下來，靠上去抱住潘，呢喃著：我等你，我永遠等你……

網友熱烈迴響：

薔薯藤＞女人＞來討論＞小曼討論區＞「薔薇的慾望」上千篇迴響精選

1.看得我臉紅心跳⋯

from:sara 2000.11.01 (01) 15:23

實在是太勁爆了

沒想到曼芬姐會寫出這麼勁爆的作品

加油！

2.哇~~好傳神ㄛ

from:sandy 2000.11.02 (02) 03:00

寫的好精彩，精彩到好像是我自己看到一樣。

3.真棒

from:ㄚ忠 2000.11.04 (04) 23:43

小曼姐，我想請教您，為何您能寫出這麼傳神的小說？不會是親身經歷吧？我也有想寫小說的念頭~不過男孩子喜歡看小說可以嗎？更何況是寫小說ㄋ？

4. **good work**

from:wen 2000.11.07 (07) 13:26
i always imagine myself as a woman and a lesbian.
Reading your novel make me feel that imagination again.
I always detest men's brutality, rudeness and insensitivity.
It thrills me just to fall into the tenderness of women's slender hands and graceful gestures.
Tenderness, tenderness and tenderness that is the quality i read from your work.
men have to learn for another century or men have to wait another 199 years to evolve into
the same advanced level with women. hope to see you grow with your work.

5. **hot!**

from:mm 2000.11.21 (21) 08:09
you did a good job writing, when i read it, my heart was beating fast. i have 1 suggestion to make and that is can you make the lovemaking scene more detailed? because for people who had never had sex but interested/curious about it, it would help them when the time comes. hope you don't mind my suggestion, it would make your writing more intense as well.

6.WHAT A SURPRISE!

from:魚埔仔　2000.12.06 18:16

After I read your experience of above article, I was surprised at it. Becasue this scene is happened in real wrold. It seems like adult novel, but I believe what you said. I just think this kind of thing exist in Taiwan? I guess it is not special in lesibian making love before another people.

7. 一個叫台北寂寞的女人

from:孫汝君 2001.03.13 (13) 18:44

走在台北的街頭，看著來來往往的人群，又有一種被寂寞包圍的孤獨感，呼吸著台北的空氣，吃著台北的豆漿，好像都在提醒著異鄉人的我，要去習慣台北的生活，看完小曼的小說，那種熟悉的孤獨感又在心頭漸漸擴散，其實一個孤獨的人是需要小心去呵護，否則若真的習慣一個人吃飯，一個人逛街的話，那是一種非常悽涼的痛，而女主角為了內心的空虛而利用肉體上的解放來抒發積壓許久的孤獨，這或許是身為現代人的悲哀，利用短暫的歡愉為寂寞的心靈做一個休息的角落吧，所以我覺得她很可憐，真愛密碼真的存在嗎？

8. 薔薇到底是個什麼樣ㄉ女性呢？

from:YUYU 2001.04.05 (05) 17:46

她不畏艱難ㄉ和自己心愛的人在一起～卻又丟不下她不愛ㄉ人…

她好自私～現在卻又逃閉問題躲起來～那麼自私的人為什麼突然變得膽小呢？

現在她愛的人已完全屬於她了…她應該會變成厲害ㄉ角色吧…

9.不知薔薇花落誰家？

from:薔薇迷/ 2001.05.23 (23) 11:21

薔薇與世隔絕的與Arthur戀愛，她的生活只有情人，導致她專心、全心投注於戀情上，以致於她變的沒有安全感，因為她有太多的閒置時間亂想啊。希望薔薇能自食其力、靠自己生存，讓自己的生活豐富起來，否則目前薔薇的處境對她的戀情很具殺傷力。以上是薔薇小說觀後感>_>不知薔薇花落誰家，或許Arthur並不是他最後的歸宿吧，不過，經歷較多的感情經歷才能讓她真正成熟，對愛情也才能有更多的領悟與智慧……有人說結婚前，戀愛談個七、八次都屬正常，現在薔薇都還不到五次呢，覺得她應該再經歷幾個男人……最終只要薔薇能覓得她與某個男人的幸福就好了>_>而那個男人可以是Arthur也可以是以後薔薇遇見的男人，希望小曼姐能讓薔薇找到適合的結婚對象，不然我會哭死的>_>

10.愛情的女神與侏儒

from:adino 2001.05.25 (25) 17:02

小曼姐

我自以為身心都成熟了，卻仍是愛情的侏儒⋯⋯。今天我閒著沒事又一直Call他，說要聽聽他聲音也好⋯第四通開始就收不到訊號了，他怎麼可以不接我的電話？怎麼可以？我突然掉入莫名的恐懼黑洞中，渾身顫抖不已⋯

把早已寫好卻交不出去的⋯信？⋯心事？貼出來　是因為看到〝小曼〞的文章

小時候總以為小說是在說故事⋯不是真的　現在才知道故事是已經發生的事再怎麼以為自己的故事多刻骨銘心　多麼驚天地泣鬼神　在身邊　或世界的其他角落⋯或已發生⋯或仍在進行著⋯或正在蘊釀⋯

只希望相同際遇的人啊　一定要多多愛自己⋯
懂得愛自己　珍惜自己的人　才有能力愛人　珍惜別人
懂得照顧自己的人　才有能力照顧別人

11.第一次讀小曼ㄉ文章，很喜歡！

from:cute 2001.05.30 (30) 06:53

尤其喜歡最後一章，我也和大我十幾歲ㄉ人戀愛過，只是他要ㄉ只是性，和我發生過幾次性行為後，就不再和我聯絡，我打他手機，他也不接，我心裡已明白，他又開始了另一場，或更多場ㄉ性愛遊戲了。

12.別做被愛束縛的鳥

from:千 2001.05.31 (31) 13:33

雖然在心底也曾渴望像薔薇現在那樣，待在心愛的人身邊，靜靜的只為了他一個人，也不用去擔心其他的事。可現實就是現實，或許我比較不相信愛情吧，與其整天緊緊抓著他，我寧可自己擁有的是「當他離開我了，我自己也可以繼續飛翔」的能力。總覺得，在愛的世界裡讓他自由也讓自己自由是非常重要的⋯雖然這樣的自己，也因此而失去了寶貴的回憶，不過，卻也因此有更多、更廣泛的愛。有點難說現在的自己是幸福快樂的，但我知道，鳥的雙翅是需要天空飛翔的。

13. 含淚的薔薇

from:jlm　2001.06.09 (09) 13:22

「短暫的悸動欣喜，刻骨銘心的傷痛；融入我的靈魂共生共滅……」「她」離開鏡花水月的「Arthur」回到愛的原點「家」。渴望「被愛」的「內心兒童」雖然得不到愛撫；但堅強的「內在成人」總在設法療傷和撫慰。沒有能力嗎？不！能力是訓練得出來。專長？對！學習第二專長是一個方向；因應目前的失業風潮，政府不是已有很多相關措施？向公家機構舉辦的就業輔導中心尋求幫助吧！含淚的薔薇…

14. 薔薇和我一樣寂寞！

from:judy　2001.06.17 (17) 22:12

薔薇好孤單、好寂寞看了令人心酸，一個用工作痲痺自己的人，只是在逃避現實罷了！

15. 薔薇的人生價值！

from:kelly　2001.06.21 (21) 16:57

如果說薔薇的母親利用薔薇而得到金錢　那麼薔薇也利用了母親的需索來得到母親觀愛的眼神　薔薇母親也提供薔薇活下去的價值與面對生活的勇氣那種受需要的感覺也是唯一能得到母親重視的來源　在薔薇等待漫長的成熟之路前活下來的人生價值吧！

16.愛情使人瘋狂

from:迎曦(163.x.141.172)　2001.07.02 23:57

親愛的小曼：

是啊！愛情容易使人瘋狂，甚至深陷其中而無法自拔。

我當下的想法是：也許富家子弟從小被呵護，要風得風，要雨得雨，從沒有得不到的，所以對於挫折的接受度就相當低，於是乎產生這樣的可怕念頭：「我得不到的，別人也別想得到」。不過，說真的，我無法理解那些採取極端方式的人怎麼下的了手？我也曾為愛癡狂過，雖然結果不如我所想的，我也不會想到去殘害對方或是情敵⋯不過，倒是想過了結自己，還好，信仰帶給我力量，還有朋友的安慰與支持，我才得以重新站起來。我最近準備要步上紅毯的另一端了，因為經歷之前的風風雨雨，我才懂得珍惜目前的幸福。

^_^希望和他繼續談一輩子的戀愛⋯

17.女人！女人！

from:一番　2001.07.03 (03) 10:08

看吧！看吧！看看女人多恐怖(麗珠啦)，看吧！看吧！看看女人多悲哀(薔薇)，女人何苦為難女人呢？男人對男人永遠都比女人對女人大方的。

18.愛情不是毒藥

from:hi 2001.08.05 (05) 16:38

愛情不是毒藥，而是毒品。愛情會使人上癮，而不致於會使人死亡。

19.情節曲折~真好看！

from:薔薇迷 2001.08.08 (08) 05:52

跟初戀情人再相聚…心情卻五味雜陳！

過去的再也回不來了，錯過的也無法再撿拾…

女人的青春列車載著無數乘客，有的將上、有的要下…

能一直伴著女人的只有酸澀的回憶與曾有過的美好…

青春列車一直駛著，未到終點，誰也不知舵兒將往何處……

20.愛情的爛蘋果

from:芃芃 2001.08.22 (22) 12:54

我也曾受過同樣的遭遇，但我覺得不管怎樣，只有自己才是解藥，只有自己能使自己重新站起來，所以，在人生的路途上，不要讓自己常常沈浸在低潮的情緒裡，女人嘛！在受傷的下一刻要懂的學會保護自己，不要在受二次傷害哦！願天下的女人們，勇敢的面對自己的人生，讓自己的路走的多采多姿喲！

21.愛情的燒餅油條~

from:跳跳　2001.09.14 (14) 16:52

我想我是愛你的，何時開始的呢？我不知道！也不想去知道；也不想去了解你是怎麼讓我陷入愛情的。我只想我是愛你的？…也只想去愛你。電話那頭的你：已經睡了嗎？還是跟我一樣的：思念著那一句：我愛你！

Dear 小曼：

是看了薔薇的故事，有感而發的心情投射，那種期待中，等愛的小女人，甜甜蜜蜜的，不希望參入一絲現實的殘酷，但，就是潘嗎？~現實的殘酷固然讓人擔憂，可是，因為背負著過往，才讓女人更膽怯吧？

22.性愛

from:黑曜　2001.10.03 (03) 03:57

李傑是處男嗎 跟薔薇第一次做愛時 他是嗎？

如果不是 幹嘛希望薔薇是處女呢

有智慧的女人不會因為第一次給了某個男人　就覺得今生應該要託付給他

也不會因為不是處女就怕以後遇上的男人不會喜歡自己

畢竟處不處女與愛情根本沒關係

只不過保守的女人還是將初夜留給以後的老公　免得一顆心忐忑不安

每個人都應採取適合自己的行為　切莫追隨〝流行〞雖然性不再那麼的禁忌。

23.人生何處不刺激

from:諾曼(203.x.154.217)　2001.10.07 19:12

小説所呈現的情感以愛恨為主軸，加上有些程度的複雜關係當然是刺激不斷。我等真實的人類有著七情六慾，能發揮的空間反而更大。在現實生活中可以打造好多的刺激。就拿到海邊來説吧，換上鮮艷的泳裝，看看這些開心的人們，在這天涯的一隅，充分地解放自我。穿上蛙鞋戴上泳鏡，看看海裏的另一個世界不甚愉快。就拿到山上來説吧，一步一步往上爬，不間斷的問候聲，都是快樂的人們，在山之頂分享熱茶咖啡的不甚歡暢。　這些對我來説都是刺激，平凡真實的刺激，所以説人生何處不刺激。

24.跟隨薔薇成長

from:kelly　2001.10.20 (20) 21:49

小曼姐：

薔薇成熟了
當她面對自己的遭遇
而能坦言對潘説時
已經很清楚自己要什麼樣的伴侶了
真期待完結篇
覺得自己也跟隨薔薇成長了一次>-<

25. 薔薇薔薇我愛妳！

from:裘　2001.10.26 (26) 19:56

薔薇是個勇敢ㄉ女性，雖然遭遇不幸卻永遠沒有放棄希望，
她在愛情路上ㄉ流浪漂泊，真是好讓我心有戚戚焉，
尤其小曼姐寫ㄉ好多好多好像都是我以前追求愛情的心境ㄡ。
要幸福ㄡ，薔薇！要幸福ㄡ，所有追求愛情的女人。

26. 看小曼的情色週記

from:J.L.　2001.11.13 (13) 23:23

人有時候就是太惦記於過去
或是甜蜜或是傷痛
如果沒有醒來的一天
那麼將永遠無法脫身出那命運的漩渦
我遇過比薔薇遭遇更不幸的女孩
畢竟我的愛還是無法為她療傷
她已離去

致曾經受過傷女孩，
給他一個機會也給自己機會
你們不該再繼續承擔那命運的折磨

27. 薔薇的結局

from:嗜茶　2001.11.14 (14) 08:38

出乎我意料的淡～～
不過，我喜歡～～
感情上，我喜歡誠實的人～～
我覺得潘很誠實表達出他的困難～～
我也喜歡薔薇接受了潘，並沒有逃開～～
另外，屍花Rafflesia是什麼花，
我怎麼聯想到River 11/13 在kimo畫的漫畫～～

28. i like it !

from:TT(163.x.37.5)　2001.11.14 08:47

不管未來薔薇會怎樣，至少這個結局還不錯，讓人有總總的遐想，可能潘還是無法接受薔薇，以致薔薇離婚了但她卻因而認識更棒的男人。也有可能潘與薔薇到最後還是相伴一生，只不過過程艱辛了一點……我也是喜歡這樣的結局。謝謝小曼姐又寫了番外篇，讓我們這些喜愛薔薇的人能進一步窺視到薔薇現階段(或者一輩子）的歸宿。

29. also

from:kimmie(202.x.245.171)　2001.11.15 15:55
我也喜歡
謝謝小曼姐為我們這群任性的讀者那麼努力:)

30. 網友來信

寄件者：avi <avi@staff.yam.com>
收件者：楊曼芬 <fayeyang@ms9.hinet.net>
主旨：一個網友的來信
日期：2001年12月19日 AM 11:06
小曼姐，
轉貼一個網友讀到薔薇的感想來信，已經第N封囉！^_^
祝 事事順心～

網友來信：
我從來不看網路小說的，更別說有任何一部會讓我著迷的被牽動了消失已久的情愫和那份的悸動！因為那對我已是非常遙遠的記憶。我不了解，也不懂妳究竟下了什麼藥？竟然挑起了那份迷失已久的感覺！我原以為只看一般小說一般，不會投入太多的喜怒哀樂，但「薔薇」卻讓我激動的無法自拔！很難想像一個大男生會有這麼大的反應吧？也很難想像一個人怎麼會那麼苦命？好像全世界最倒楣的事都讓她給碰到了！什麼時候能看到女主角不會那麼苦命的生活？應該快樂點吧！人生苦短，時間有限ㄝ！

花兒001

薔薇的慾望

The Passionate Flower

作　　者：楊曼芬
主　　編：楊明莉
編　　輯：李思潔
視覺設計、美術編輯：張治倫工作室　王虹雅　連紫吟
內頁攝影：鐘永和
法律顧問：永然聯合法律事務所
發 行 人：楊曼芬
出　　版：楊曼芬文化工作室
地　　址：台北市遼寧街201巷16號
電　　話：02-25455512
傳　　真：02-25455510
發　　行：時報文化出版企業股份有限公司
地　　址：台北市和平西路三段240號2樓
電　　話：02-23066842．02-23066540
傳　　真：02-23049302
製版印刷：傑荷印刷有限公司
初版一刷：2002年7月

ISBN：986-80437-1-9
書號：Flowers-001．Printed in Taiwan
定價：新台幣200元

國家圖書館出版品預行編目

薔薇的慾望＝The passionate flower／楊曼芬作.
—臺北市：楊曼芬文化工作室出版：時報文化發行，
2002〔民91〕　面；　公分.—（花兒：001）
ISBN　986-80437-1-9（平裝）

857.7　　91010293